八代诗汇评

刘晓亮

北京联合出版公司
Beijing United Publishing Co.,Ltd.

"至元集林"丛书

学术顾问（依年齿为序）
叶嘉莹　楼宇烈　薛永年　龚鹏程　刘跃进　蒋　寅　杨念群

常任编委
谷　卿

策 划 人
唐饮真

总序

时移世易,从"整理国故"到"批判清理"再到"全面复兴",百年以来的学术命运正与国家命运息息相关。在万象纷呈、众声喧哗的今天,如何跳脱旧窠、摒除干扰,并以更平和的心理与更审慎的态度,实事求是、求其所是地想象和认知古典中国,是我们志于且乐于探求之事。

"至元集林"所要建立的就是这样一个共同体:初见它的构成者各不相关,置于一处却成为一种精神的全息图景;它意欲凝聚精致的学问,其间睽违已久的可贵性情亦随之而来;它发扬的是古典学术与文艺中的"为己"传统,或也彰示了对当下与未来的种种责任。

我们既不为命令和恳求而研究,也不为炫夸和苟且而写作,我们仅是把一种表里如一的专注和切实如需的主张透过我们感兴趣的话题和对象呈现出来,虽仅寸心所感,却相信能以心传意、心心相印。

一个漫长的历险已经启程。我们在此无意发表什么壮伟"宣言"或许下何等"宏愿",唯愿多年以后回顾斯时,仍有那股久违的安然和欣慰。

谷 卿

2016 年 6 月 30 日于社科院文研所

目 录

序……… X

凡例……… XII

汉诗·二十九首

刘邦诗·一首……… *3*
  大风歌 ……… *4*
项羽诗·一首……… *6*
  垓下歌 ……… *6*
刘彻诗·一首……… *8*
  秋风辞 ……… *9*
班婕妤诗·一首……… *11*
  怨歌行 ……… *11*
梁鸿诗·一首……… *13*
  五噫歌 ……… *13*
班固诗·一首……… *15*

I

咏史……… 16

张衡诗·一首……… 18

四愁诗其一 ……… 18

秦嘉诗·一首……… 21

留郡赠妇诗三首其一 ……… 21

辛延年诗·一首……… 23

羽林郎 ……… 23

宋子侯诗·一首……… 26

董娇娆 ……… 26

蔡琰诗·一首……… 28

悲愤诗二章其一 ……… 29

汉乐府诗·九首……… 33

战城南 ……… 34

有所思 ……… 35

上邪 ……… 36

陌上桑 ……… 37

长歌行 ……… 38

上山采蘼芜 ……… 39

饮马长城窟行 ……… 41

白头吟 ……… 43

孔雀东南飞并序 ……… 44

古诗十九首·九首……… 52
  行行重行行 53
  今日良宴会 55
  西北有高楼 56
  庭中有奇树 58
  迢迢牵牛星 59
  回车驾言迈 60
  驱车上东门 61
  生年不满百 62
  客从远方来 63

魏诗·十八首

曹操诗·四首……… 67
  蒿里行 68
  短歌行 69
  步出夏门行·观沧海 72
  步出夏门行·龟虽寿 73
王粲诗·一首……… 75
  七哀诗三首其一 76
刘桢诗·一首……… 79
  赠从弟三首其二 79

曹丕诗·一首……… *81*

　　燕歌行二首其一……… *82*

曹植诗·八首……… *84*

　　野田黄雀行……… *85*

　　白马篇……… *87*

　　美女篇……… *90*

　　七哀……… *92*

　　杂诗其一……… *93*

　　杂诗其二……… *95*

　　远游篇……… *96*

　　赠白马王彪并序……… *97*

阮籍诗·三首……… *103*

　　咏怀八十二首其一……… *104*

　　咏怀八十二首其十七……… *106*

　　咏怀八十二首其三十一……… *107*

晋诗·二十六首

　　潘岳诗·一首……… *111*

　　悼亡诗三首其一……… *112*

　　陆机诗·一首……… *115*

　　猛虎行……… *116*

左思诗·四首……… *118*

　　咏史八首其一 ……… *118*

　　咏史八首其二 ……… *120*

　　咏史八首其五 ……… *121*

　　咏史八首其六 ……… *122*

王赞诗·一首……… *124*

　　杂诗 ……… *124*

刘琨诗·一首……… *127*

　　重赠卢谌 ……… *127*

郭璞诗·三首……… *133*

　　游仙诗十九首其一 ……… *134*

　　游仙诗十九首其二 ……… *136*

　　游仙诗十九首其四 ……… *137*

陶渊明诗·十四首……… *140*

　　形影神三首并序 ……… *141*

　　归园田居五首 ……… *148*

　　游斜川并序 ……… *155*

　　庚戌岁九月中于西田获早稻 ……… *158*

　　杂诗十二首其一 ……… *160*

　　拟古九首其七 ……… *161*

　　读《山海经》十三首其一 ……… *163*

V

咏贫士七首其一 165

咏贫士七首其五 166

拟挽歌辞三首其三 168

饮酒二十首其五 170

乐府民歌·一首 174

西洲曲 174

宋诗·九首

谢灵运诗·五首 179

登池上楼 180

石壁精舍还湖中作 184

石门岩上宿 186

岁暮 187

入彭蠡湖口 188

陆凯诗·一首 191

赠范晔 191

鲍照诗·三首 193

代出自蓟北门行 194

拟行路难十八首其四 196

拟行路难十八首其六 197

齐诗·五首

谢朓诗·五首……… 201
  玉阶怨……… 201
  暂使下都夜发新林至京邑赠西府同僚……… 202
  晚登三山还望京邑……… 207
  之宣城郡出新林浦向板桥……… 210
  王孙游……… 212

梁诗·十二首

萧衍诗·一首……… 217
  东飞伯劳歌……… 218
范云诗·一首……… 220
  之零陵郡次新亭……… 220
沈约诗·一首……… 222
  别范安成……… 222
何逊诗·二首……… 224
  临行与故游夜别……… 224
  慈姥矶……… 225
吴均诗·一首……… 227
  山中杂诗三首其一……… 227
陶弘景诗·一首……… 229

VII

诏问"山中何所有"赋诗以答……229
　　庾肩吾诗·一首……231
　　　入若耶溪……231
　　庾信诗·四首……233
　　　拟咏怀二十七首其七……234
　　　拟咏怀二十七首其十七……235
　　　拟咏怀二十七首其二十六……236
　　　寄王琳……237

陈诗·三首

　　阴铿诗·二首……241
　　　晚出新亭……242
　　　渡青草湖……243
　　韦鼎诗·一首……245
　　　长安听百舌……245

隋诗·七首

　　杨素诗·三首……249
　　山斋独坐赠薛内史诗二首……250
　　　赠薛番州……252
　　薛道衡诗·二首……255

昔昔盐 255

人日思归 258

杨广诗·一首 259

春江花月夜 260

侯夫人诗·一首 261

春日看梅二首其二 261

后记 264

序

八代之目，古无定称。自坡公论韩起衰之功，中有"道丧文敝"云云，众口嗷嗷，始有此称，约略等齐今之"中古"，然颇有斜眄之意。由文而及诗，虽有陈王之骨气奇高，彭泽之自然平淡，亦难掩宫体滔滔之迹，遂荷"词赋罪人"之诮。况八代纷扰，兵衅屡兴。国无长宁之日，士有奔难之忧。运涉季世，人不尽才。纵赖萧选玉台之传，篇什犹十不一存。迨及三唐两宋，俊才云蒸，流派纷陈，诗坛可谓盛矣。然探本溯源，虽远眺诗骚，实取则八代。太白愿低首宣城，子美欲步武开府，纵韩吏部之气凌往古，亦多暗袭八代之芳，李审言《韩诗证选》已揭其秘。

明清论诗，师心师古，各臻其极。八代之诗，或称绮靡，或云清丽，选评"古诗"之作，多应运而生。曰诗归，称诗源，寻津高古之风；采菽堂，湘绮楼，推敲淡雅之作。选点评骘，胜义纷披。刘君晓亮博士，预此流者，向好沉博绝丽之文，又心契选诗，编为《八代诗汇评》，欲为曹王陶谢张目，虽未必能复兴古风，谅亦可为斯文推波助澜矣！余嘉其志，故乐为之序。

徐国荣
丁酉冬日于暨南大学二南斋

凡例

一、八代诗之选，有近代湘人王闿运，由汉迄隋，分体而录。今人葛晓音著《八代诗史》，推衍八代诗递嬗之由，缕析特点，又择其代表而重点分析之。本书所选八代诗，亦分汉、魏、晋、宋、齐、梁、陈、隋。与曹魏对峙之蜀汉、孙吴，虽有文人，然其诗实乏善可陈，故未选择；与南朝并列之北朝，虽不乏魏收、王褒等诗家，然较之南朝，相形见绌，亦未检录。世多将庾信系于北周，然其根柢乃在萧梁，故本书系于梁。

二、诗之选若究其源，可溯至《三百篇》，其次则为汉乐府。访诸民间，删削以传。故存留之篇什，可推究删削者之意图。本书所选，以高步瀛先生"举要"之名为蕲向：选录某时代之诗家，以见出此一时代之特色；选录某一诗家之代表作，以见出此一诗家之特色；选录某一体式之诗，以见出此一体式之特色。

三、各选录诗家，均附以小传，或明其历史功绩，或正其文学史地位。

四、各选诗均以今之整理通行本为底本，故未就文本之异多所校刊。

五、各选诗就难解之字词加以笺释，易晓者从略。

六、各选诗后均汇录名家之评。然"汇评"并非网罗无佚，而只汇录就诗之为诗予以赏析者。捕风捉影，或牵强比附之解，均弃而不录。

汉诗·二十九首

刘邦诗·一首

刘邦（前256或前247—前195），沛丰邑（今江苏丰县）人。原名季，曾任秦朝的泗水亭长（低于县一级的行政建制长官，级别相当于现在的乡长）。秦并六国后，天下并不太平。加之始皇父子以法家思想钳制天下，激怒人心。刘邦在乡里亲邻看来是个泼皮无赖，但其实他胸怀天下。丰西泽纵放骊山徒之后，开始了反秦大业。在芒砀山制造龙脉等舆论，为自己的起义队伍赢取人心。之后夺沛县、丰邑，揽张良、韩信等，攻昌邑，夺关中，定三秦，决垓下，通过一系列征战，最终君临天下。刘邦不仅奠定了汉家四百年的基业，也提倡并促成了由楚风、儒风和黄老之风构成的西汉世风的形成。他死后群臣商定加庙号太祖，谥号高皇帝。然后人多从司马迁《史记·高祖本纪》称刘邦为汉高祖。逯钦立《先秦汉魏晋南北朝诗》辑录其诗两首：《大风歌》《鸿鹄歌》。

大风歌

大风起兮云飞扬，威加海内①兮归故乡，安得猛士兮守四方？

选自中华书局点校本二十四史修订本《史记·高祖本纪》

【注释】

①威加海内：威震天下。加：凌驾。

【汇评】

1.（宋）葛立方《韵语阳秋》卷十九：高祖《大风》之歌，虽止于二十三字，而志气慷慨，规模宏远，凛凛乎已有四百年基业之气。

2.（宋）陈岩肖《庚溪诗话》卷上：汉高帝《大风歌》，不事华藻，而气概远大，真英主也。

3.（明）王世贞《艺苑卮言》卷二：《大风》三言，气笼宇宙，张千古帝王赤帜，高帝哉？

又曰：《大风》安不忘危，其霸心之存乎？

4.（清）王夫之《古诗评选》卷一：神韵所不待论。三句三意，不须承转，一比一赋，脱然自致，绝不入文士映带。岂亦非天授也哉！

5.（清）陈祚明《采菽堂古诗选》卷三：雄骏可以笼罩百代。

6.（清）沈德潜《古诗源》卷二：时帝春秋高，韩彭已诛，而孝惠仁弱，人心未定，思猛士其有悔心乎！

7.（清）沈德潜《说诗晬语》卷上：《大风》《柏梁》，七言权舆也。

8.（清）张玉榖《古诗赏析》卷三：《文中子》谓"安不忘危，霸心之存"，《丹阳集》谓"志气慷慨，规模宏远，凛凛乎已有四百年基业之气"，良然。

项羽诗·一首

项羽（前232—前202），项氏（《史记》载"项氏世世为楚将，封于项，故姓项氏"），芈姓，名籍，字羽（或子羽）。楚国下相（今江苏宿迁）人。楚国名将项燕之孙。幼从季父项梁习兵法，少有大志。秦末农民起义浪潮席卷全国，项羽在项梁的帮助下迅速崛起。通过巨鹿之战消灭了秦军主力，后挺进关中，自立西楚霸王，定都彭城，并分封诸侯。之后忙于平定诸侯叛乱，终不敌刘邦的汉军。垓下一役，项羽兵败，挥泪别姬，自刎乌江亭。项羽是中国历史上非常有名的军事家，也是令司马迁感到惋惜的英雄。后人对其优点及性格上的缺陷认识比较统一，如宋苏洵评价他说："项籍有取天下之才，而无取天下之虑。"清李晚芳赞曰："羽之神勇，千古无二。"

垓下歌

力拔山兮气盖世，时不利兮骓①不逝。骓不逝兮可奈何，虞兮②虞兮奈若何!

选自中华书局点校本二十四史修订本《史记·项羽本纪》

【注释】

①骓：乌骓马。

②虞兮：虞姬啊。兮是楚辞体标志性的语气词，没有实义。

【汇评】

1.（南宋）朱熹《楚辞集注》卷一：慷慨激烈，有千载不平之余愤。

2.（明）王世贞《艺苑卮言》卷二：《垓下歌》正不必以"虞兮"为嫌，悲壮呜咽，与《大风》各自描写帝王兴衰气象。千载而下，唯曹公"山不厌高""老骥伏枥"，司马仲达"天地开辟""日月重光"语，差可嗣响。

3.（明）许学夷《诗源辩体》卷三：《大风》词旨虽直，而气概远胜，《垓下》词旨甚婉，而气稍不及。元美谓"各自描写帝王兴衰气象"是也。

4.（清）吴见思《史记论文》："可奈何""奈若何"，若无意义，乃一腔怒愤，万种低回，地厚天高，托身无所，写英雄失路之悲，至此极矣。

5.（清）沈德潜《古诗源》卷二："可奈何""奈若何"，呜咽缠绵，从古真英雄必非无情者。

6.（清）张玉穀《古诗赏析》卷三："可奈何""奈若何"，真极缠绵呜咽。

刘彻诗·一首

　　刘彻（前156—前87），西汉第七位皇帝，中国历史上伟大的政治家、战略家。刘彻在位共五十四年，期间为巩固皇权，在中央设置中朝；为加强对诸侯王和地方高官的监察，在地方设置十三州部刺史；为选拔人才，开创察举制。此外，颁布推恩令，将盐铁和铸币权收归中央等，都加强了中央集权。刘彻摒弃了汉初尊奉黄老的思想，"罢黜百家，独尊儒术"，奠定了中国封建王朝数千年以儒家思想作为国家的统治思想。刘彻也是一个雄心勃勃的皇帝，在位期间，随着国力的强大，逐渐广开疆土。东并朝鲜，南吞百越，西征大宛，北破匈奴，从而造就了汉武盛世的局面。此外，在位期间派使通西域，开辟丝绸之路，促进了中原与西域诸国的联系。

　　刘彻在位后期，不仅穷兵黩武，且造成了巫蛊之祸，招致后人诸多非议。晚年也迷恋神仙道术，祈求长生不老。后元二年（公元前87年），崩于五柞宫，享年七十岁，加谥号孝武皇帝，庙号世宗，葬于茂陵。

逯钦立《先秦汉魏晋南北朝诗》辑录其诗七篇。

秋风辞

秋风起兮白云飞，草木黄落兮雁南归①。兰有秀兮菊有芳，携②佳人兮不能忘。泛楼舡兮济汾河，横中流兮扬素波。箫鼓鸣兮发棹歌③，欢乐极兮哀情多。少壮几时兮奈老何！

选自上海古籍出版社点校本《文选》第四十五卷

【注释】

①"草木"句：《礼记》曰："季秋之月，草木黄落，鸿雁来宾。"

②携：一作"怀"。

③棹歌：划船时唱的歌。

【汇评】

1. （明）胡应麟《诗薮·内编》卷三：《大风》，千秋气概之祖；《秋风》，百代情致之宗。虽词语寂寥，而意象靡尽。

2. （明）王世贞《艺苑卮言》卷二：汉武故是词人，《秋风》一章，几于《九歌》矣。

又曰：《秋风》乐极悲来，其悔心之萌乎？

3. （明）许学夷《诗源辩体》卷三：《秋风辞》，文质得宜，格在其中。

4. （清）王夫之《古诗评选》卷一：声情凉铣，无非秋者。宋玉以还，唯此刘郎足与悲秋。"玉露凋伤"（按杜甫《秋兴八首·其一》：玉露凋伤枫树林，巫山巫峡气萧森）之作，词有余而情不逮也。

5.（清）毛先舒《诗辩坻》卷一：武帝雅好楚辞，庄助、朱买臣俱以此得幸。《瓠子》峭刻，《秋风》骀荡，俊语俱自湘累脱出。

6.（清）陈祚明《采菽堂古诗选》卷三：是《离骚》之遗，而声调融会，结语凄其，足当《十九首》数句。

7.（清）沈德潜《古诗源》卷二：《离骚》遗响。

8.（清）张玉穀《古诗赏析》卷三：此辞有感秋摇落、系念求仙意。

班婕妤诗·一首

班婕妤，西汉楼烦（今山西宁武）人。出身功勋之家，其父班况在汉武帝时曾抗击匈奴。有才德，被选入宫中，初为少使。因得宠，赐封婕妤。后被赵飞燕姐妹妒恨所谮，主动退居长信宫侍奉王太后。公元前7年，成帝卒，班婕妤请求守陵。次年其亦病逝。

怨歌行

新裂齐纨[①]素，皎洁如霜雪。裁为合欢扇，团团似明月。出入君怀袖，动摇微风发。常恐秋节至，凉风夺炎热。弃捐箧笥[②]中，恩情中道绝。

选自上海古籍出版社点校本《文选》第二十七卷

【注释】

①纨：丝绢，很细的丝织品。春秋时齐国盛产丝绢。

②箧笥：箧，是指箱子一类的东西。笥，音四，指盛饭或衣物的方形竹器。

【汇评】

1. （南朝）钟嵘《诗品》卷上：《团扇》短章，辞旨清捷，怨深文绮，得匹妇之致。侏儒一节，可以知其工矣！

2. （明）许学夷《诗源辩体》卷三：班婕妤乐府五言《怨歌行》，托物兴寄，而文采自彰。冯元成谓"怨而不怒，风人之遗"，王元美谓"可与《十九首》、苏李并驱"是也。

3. （清）王夫之《古诗评选》卷一：说到"常恐"便止，但堪作今人半首古诗耳，晓人不当如是，而必待之月斜人散哉？汉人有高过《国风》者，此类是也。

4. （清）陈祚明《采菽堂古诗选》卷三：虑远之词，音节宛约。

5. （清）沈德潜《古诗源》卷二：用意微婉，音韵和平，《绿衣》诸什，此其嗣响。

梁鸿诗·一首

梁鸿,生卒年不详,字伯鸾,东汉扶风平陵(今陕西咸阳西北)人。受业于太学,"家贫而尚节介,博览无不通,而不为章句"。其不求功名,学成后到上林苑中放猪,做了猪倌。娶同邑之丑女孟光。因作《五噫歌》触怒了汉章帝,遂变更姓名至吴,依大家皋伯通。有著述十余篇,皆佚。卒后,"伯通等为求葬地于吴要离冢傍"。《后汉书》载其诗三首。

五噫[①]歌

陟[②]彼北芒兮,噫!顾览帝京兮,噫!宫室崔嵬[③]兮,噫!人之劬劳[④]兮,噫!辽辽未央兮,噫!

选自中华书局校点本《后汉书·逸民列传·梁鸿传》

【注释】

①噫:感叹词。

②陟：音制，升、登。

③崔嵬：原指有石头的土山，《诗·周南·卷耳》："陟彼崔嵬，我马虺隤。"此诗指高大貌。

④劬劳：劬音渠。指劳累。《诗·小雅·蓼莪》："哀哀父母，生我劬劳。"

【汇评】

1. （南朝）范晔《后汉书·逸民列传》：（梁鸿）因东出关，过京师，作《五噫之歌》……肃宗闻而非之，求鸿不得。

2. （清）陈祚明《采菽堂古诗选》卷四：五句中不可断，间以"噫"字随声发叹，悲感更深。《日重光》《上留田》，与此调同。

3. （清）张玉縠《古诗赏析》卷六：此感劳民兴造而作。首二，从登高望远说起。三四，是主句。末句有"伊于何底"（按，《诗·小雅·小旻》："我视谋犹，伊于胡底？"）之意。无穷悲痛，全在五个"噫"字托出，真是创体。

班固诗·一首

班固（32—92），字孟坚，东汉扶风安陵（今陕西咸阳东北）人。幼而能文，长大后淹贯载籍。因司马迁《史记》不载太初以后之事，亦不满于后人续补之作，遂有意作史。然遭人告发"私改作国史"，被捕下狱。其弟班超求见汉明帝，陈说个中缘由。明帝见班固之书稿，颇为赏识，因此释其罪，并除为兰台令史。永平五年（62）迁为郎，典校秘书，始奉诏撰《汉书》。

班固其人好趋炎附势，巴结权贵。如曲意逢迎章帝时擅权的窦宪，曾随其出征匈奴，大败北单于后撰有著名的《封燕然山铭》（今被蒙古国和内蒙古大学的学者发现并确认）。和帝即位后，班固不满于外戚专权，遂联合宦官打压窦宪。窦宪终被迫自杀。洛阳令种兢趁机报复班固，告发其参与了窦宪的阴谋。班固再次被捕入洛阳狱，并死于狱中。班固死后，其《汉书》尚有八表和《天文志》未竟，后由其妹班昭及马续完成。唐颜师古曾注《汉书》，清王先谦有《汉书补注》。

除史学成就外，班固也是著名的赋家，位列"汉赋四大家"。其所作《两都赋》开创了京都赋的范例，居于《文选》第一篇。班固亦是经学理论家，其所编撰的《白虎通义》，集当时经学之大成，使谶纬神学理论化、法典化。

《隋书·经籍志》有《班固集》十七卷，然已散佚。明张溥辑有《班兰台集》。近人丁福保辑有《班孟坚集》。

咏史

三王①德弥薄，惟后②用肉刑。太仓令③有罪，就递长安城。自恨身无子，困急独茕茕④。小女痛父言，死者不可生。上书诣阙下，思古歌鸡鸣⑤。忧心摧折裂，晨风扬激声。圣汉孝文帝，恻然感至情。百男何愦愦⑥，不如一缇萦。

选自逯钦立辑校《先秦汉魏晋南北朝诗·汉诗》卷五

【注释】

①三王：古代夏商周三朝的开辟者，分别指夏禹、商汤和周文王（周武王）。

②后：这里指三王的后代，具体则指夏商周三朝的暴君，即夏桀、商纣、周厉王。

③太仓令：指汉初名医淳于意，曾担任齐之太仓的小吏。

④茕茕：忧思、孤独无依的样子。《诗·小雅·正月》："忧心茕茕，念我无禄。"

⑤鸡鸣：指《诗·郑风·女曰鸡鸣》。《毛诗序》谓："刺不说德也；陈古义以刺今，不说德而好色也。"宋朱熹《诗集传》谓："此诗人述贤夫妇相警戒之词，言女曰鸡鸣以警其夫，而士

曰昧旦,则不止于鸡鸣矣。"清方玉润《诗经原始》说:"此诗人述贤夫妇相警戒之辞。"清姚际恒《诗经通论》:"只是夫妇帏房之诗,然而见此士、女之贤矣。"近人闻一多《风诗类钞》曰:"《女曰鸡鸣》,乐新婚也。"此诗云"思古歌鸡鸣",比较合于朱熹、方玉润的解释。

⑥愦愦:昏庸,糊涂。

【汇评】

1.(南朝)钟嵘《诗品序》:东京二百载中,唯有班固《咏史》,质木无文。

2.(南朝)钟嵘《诗品》卷上:孟坚才流,而老于掌故。观其《咏史》,有感叹之词。

3.(清)王夫之《古诗评选》卷四:或缛或简,或节或余,就彼语言赞,无事溢词。史笔诗才,有合辙矣。

4.(清)陈祚明《采菽堂古诗选》卷四:古质,不下断语,但于结句一咏叹之。咏史自有此法。

张衡诗·一首

张衡（78—139），字平子，河南南阳西鄂（今南阳石桥镇）人。历任太史令、河间相等职，皆有政绩。汉代杰出的科学家，也是著名的文学家。《后汉书》本传载其诗、赋、铭、七言等共三十二篇。著名的赋有《二京赋》《思玄赋》《归田赋》等。尤其《归田赋》，是东汉著名的小赋，通常被看作是汉代散体大赋向抒情小赋转变的标志。《隋书·经籍志》著录张衡集十四卷，皆佚。明张溥辑有《张河间集》；清严可均辑其文四卷凡三十九篇；今人逯钦立辑其诗九首。

四愁诗其一

我所思兮在太山①。欲往从之梁父②艰，侧身东望涕霑翰③。美人赠我金错刀，何以报之英④琼瑶。路远莫致倚⑤逍遥⑥，何为怀忧心烦劳。

选自上海古籍出版社点校本《文选》第二十九卷

【注释】

①太山：即泰山。

②梁父：泰山的支脉。

③翰：衣襟。

④英：通"瑛"，玉的光泽。

⑤倚：桂馥《札朴》卷六谓通"猗"，语气助词，无义，如《诗·魏风·伐檀》"河水清且涟猗"。徐仁甫认为倚乃徙倚之省文。

⑥逍遥：彷徨不安状。

【汇评】

1. （晋）傅玄《拟张衡四愁诗序》：张平子作《四愁诗》，体小而俗，七言类也。

2. （明）陆时雍《古诗镜》卷三：矫矫有西京之致。

3. （明）许学夷《诗源辩体》卷三：张衡乐府七言《四愁诗》，兼本《风》《骚》，而其体浑沦，其语隐约，有天成之妙，当为七言之祖。胡元瑞云："《四愁》章法实本风人，句法率由骚体。"又云："《离骚》盛于楚汉，一变而为乐府，体虽不同，词实并驾，乃变之善者也。"愚按：《离骚》变为乐府，而《四愁》则尤善云。如"我所思兮在泰山，欲往从之梁父艰。侧身东望涕霑翰。美人赠我金错刀，何以报之英琼瑶。路远莫致倚逍遥，何为怀忧心烦劳"等章，体皆浑沦，语皆隐约者也。

4. （清）陈祚明《采菽堂古诗选》卷四：独创此体，郁纡心烦。其言低徊情深，必不可拟。

5. （清）沈德潜《古诗源》卷二：心烦纡郁，低徊情深，风骚之变格也。

6.（清）张玉榖《古诗赏析》卷六：四诗作意，尽于序中"效屈原以美人为君子"五句（按，此四诗前有序，其中曰："效屈原以美人为君子，以珍宝为仁义，以水深雪雰为小人。思以道术相报，贻于时君，而惧谗邪不得以通。"）。

又曰：七言诗虽始于《柏梁》，然属联句，非正体也。溯厥源流，此为鼻祖。

又曰：《五噫》《四愁》，皆得《风》《骚》遗意，故读去只觉缠绵，不嫌排复。徒求形肖，失之转赊。

秦嘉诗·一首

秦嘉，字士会，东汉陇西郡（治今属甘肃通渭）人。汉桓帝时为郡吏，受命为郡上计簿使赴洛阳，被任为黄门郎。后客死于津乡亭。逯钦立辑其诗四首。

留郡赠妇诗三首其一

人生譬朝露，居世多屯蹇①。忧艰常早至，欢会常苦晚。念当奉时役，去尔日遥远。遣车迎子还，空往复空返。省书情凄怆，临食不能饭。独坐空房中，谁与相劝勉？长夜不能眠，伏枕独辗转。忧来如循环，匪席不可卷②。

选自逯钦立辑校《先秦汉魏晋南北朝诗·汉诗》卷六

【注释】

①屯蹇：屯、蹇分别是《周易》中的第三卦、第三十九卦，一象征险象环生，一预示险阻在前。

②匪席不可卷：典出《诗·邶风·柏舟》："我心匪席，不可卷也。"席子可卷，但人心不可卷，以此表明自己的心志不变。此处"匪席不可卷"，是说席子可以卷起来，但心的忧思不是席子，是无法卷起来的。形容自己的忧思不可解脱。

【汇评】

1. （明）胡应麟《诗薮·内编》卷二：秦嘉夫妇往还曲折，具载诗中。真事真情，千秋如在，非他托兴可以比肩。

2. （明）陆时雍《古诗镜》卷三：诗可代札，情款具存。

3. （清）陈祚明《采菽堂古诗选》卷四：伉俪之情甚真。结句原于《国风》，演为六朝乐府。

4. （清）沈德潜《古诗源》卷三：词气和易，感人自深。然去西汉浑厚之风远矣。

5. （清）方东树《昭昧詹言》卷二：此诗叙述清婉，开刘公幹、谢惠连。诵之久，自有一种绮旎葱蒨之致。

辛延年诗·一首

辛延年，生卒年不详。东汉人，著名诗人，然仅存《羽林郎》一首，入《玉台新咏》《乐府诗集》。

羽林郎

昔有霍家奴，姓冯名子都①。依倚将军势，调笑酒家胡。胡姬年十五，春日独当垆②。长裾③连理带，广袖合欢襦④。头上蓝田玉，耳后大秦珠。两鬟何窈窕，一世良所无。一鬟五百万，两鬟千万余。不意金吾⑤子，娉婷⑥过我庐。银鞍何煜爚⑦，翠盖空踟蹰⑧。就我求清酒，丝绳提玉壶。就我求珍肴，金盘鲙鲤鱼。贻我青铜镜，结我红罗裾。不惜红罗裂，何论轻贱躯。男儿爱后妇，女子重前夫。人生有新故，贵贱不相逾。多谢⑨金吾子，私爱徒区区。

选自中华书局点校本《乐府诗集》第六十三卷《杂曲歌辞》

【注释】

①姓冯名子都：冯子都，西汉大将军霍光宠幸的家奴总管。

②当垆：卖酒。垆，放置酒坛子的土台。

③裾：音居，指衣服的前襟。

④合欢襦：绣着合欢花纹的短袄。

⑤金吾：汉代的官名，全称执金吾，是卫戍京师的武官。冯子都只是霍光的家奴，没有执金吾的官位，称其金吾子，语含讽刺。

⑥娉婷：原形容女子姿态美好，此处指冯子都和颜悦色的样子。

⑦煜爚：爚音月，光辉闪耀。

⑧踟蹰：徘徊不前。《诗·邶风·静女》："搔首踟蹰。"

⑨多谢：奉告。

【汇评】

1.（明）许学夷《诗源辩体》卷三：汉人乐府五言，如《相逢行》《羽林郎》《陌上桑》等，古色内含而华藻外见，可为绝唱。……晋宋而下，文胜质衰，绮靡不足观矣。

2.（清）王夫之《古诗评选》卷一：由前之漫澜，不知章末之归宿。是以激昂人意，更深于七札。杜陵《丽人行》亦规抚于此，而以挢打已早，反俾入逢迎夙而意浅。文笔之差，系于忍力也。如是不忍则不力，不力亦莫能忍也。

3.（清）王尧衢《古唐诗合解》卷一：此诗盖托为贞妇不事二夫之词。……贞女为婉辞以决绝之。言以红罗之美，裂之不惜；何论微躯而肯改志！若男儿之所爱无定，女子则岂不重前夫！从一而终，妇之道也，何得于新故之际而贵贱逾节乎！若曰虽以子之私心相爱，抱此区区，亦徒然耳。辞婉而意严矣！

4.（清）陈祚明《采菽堂古诗选》卷四：此自是乐府骈丽之调，持旨甚正，有裨风化。

又曰：乐府写事须华缛，言情须婉转。……前段华缛，中著"两鬟"四句，缥缈流逸，大佳。

5.（清）张玉縠《古诗赏析》卷六：通首皆就胡姬之拒羽林郎着笔，故起四从对面说来，透后作提，似顺实逆。

又曰：与《陌上桑》同一义严词丽，而运局迥殊，所宜参阅。

6.俞平伯《论诗词曲杂著·说汉乐府诗〈羽林郎〉》：《羽林郎》和《陌上桑》的主题十分相像，都写一个女子反抗强暴，不过读《羽林郎》诗所得印象似偏于激烈，读《陌上桑》诗，又觉得它很轻描淡写，斗争不很尖锐。其实两诗所表现的女主角，态度的坚决，措辞的温婉而又严正，实完全相同，不过表现的技巧不同罢了。

宋子侯诗·一首

宋子侯，东汉人，生平事迹不详。《玉台新咏》存《董娇娆》。

董娇娆

洛阳城东路，桃李生路傍。花花自相对，叶叶自相当。春风东北起，花叶正低昂。不知谁家子，提笼行采桑。纤手折其枝，花落何飘飏。请谢①彼姝子，何为见损伤？高秋②八九月，白露变为霜。终年会飘堕，安得久馨香？秋时自零落，春月复芬芳。何时盛年去，欢爱永相忘。吾欲竟③此曲，此曲愁人肠。归来酌美酒，挟瑟上高堂。

选自中华书局点校本《乐府诗集》第七十三卷《杂曲歌辞》

【注释】

①请谢：请告，请问。

②高秋：天高气爽的秋天。后人如沈约《休沐寄怀》："临

池清淯暑，开幌望高秋。"钱起《江行无题》："见底高秋水，开怀万里天。旅吟还有伴，沙柳数枝蝉。"

③竟：完毕。

【汇评】

1.（清）王夫之《古诗评选》卷一：敛者固敛，纵者莫非敛势。知敛纵者，乃可与言乐理。

2.（清）陈祚明《采菽堂古诗选》卷四：此是乐府常调，而笔甚飘逸，六朝《西洲曲》乃从此出。

又曰：花花、叶叶，古人袭用甚多，不如此篇之妙。下文承此二语，作几许摇曳。

又曰：此诗转笔甚快。从花花、叶叶入春风是一层，跟花叶来折枝是二层，去叶承花请谢是三层，高秋是四层，秋时是五层，何时是六层。本意甚寻常，不过以人老比花落耳。乃作尔许层次，阿娜变宕，不可方物。

3.（清）沈德潜《古诗源》卷三：大意以花落比盛年之易逝也，婀娜其姿，无穷摇曳。

4.（清）张玉毂《古诗赏析》卷六：诗意只叹花落尚可更开，盛年欢爱难再，劝人及时行乐也。前路幻出几层问答，入后点醒，无穷姿致。

蔡琰诗·一首

蔡琰，汉魏之际人，生卒年不详。字文姬，又字昭姬。父为汉末名人蔡邕。陈留郡圉县（今河南开封杞县南）人。初嫁于河东卫仲道，夫死归宁母家。后值匈奴入侵，其被匈奴左贤王掳走，嫁与匈奴人，并生了两个儿子。建安十二年（207），曹操统一北方，遣使以重金将蔡琰赎回，并将其嫁给屯田都尉董祀。事见《后汉书》卷一一四本传。文姬之入塞、赎归的事情成了后世文人创作青睐之题材，如元金志南的杂剧《蔡琰还汉》、明陈与郊的杂剧《文姬入塞》、清尤侗的杂剧《吊琵琶》等；小说《三国演义》第七十一回写曹操派三路兵马出征汉中的紧要关头，也插入了文姬之事；20世纪则有程砚秋的京剧《文姬归汉》、郭沫若的五幕历史剧《蔡文姬》等。文姬擅文学、音乐、书法。存诗三首（《悲愤诗》二首、《胡笳十八拍》），但作品的真伪存在争议。

悲愤诗二章其一

汉季失权柄，董卓乱天常①。志欲图篡弑②，先害诸贤良。逼迫迁旧邦，拥主以自强。海内兴义师③，欲共讨不祥。卓众来东下④，金甲耀日光。平土人脆弱，来兵皆胡羌。猎野围城邑，所向悉破亡。斩截无孑遗，尸骸相撑拒⑤。马边县男头，马后载妇女⑥。长驱西入关，迥路险且阻。还顾邈冥冥，肝脾为烂腐。所略有万计，不得令屯聚。或有骨肉俱，欲言不敢语。失意几微间，辄言毙降虏。要当以亭刃⑦，我曹不活汝。岂敢惜性命，不堪其詈骂。或便加棰杖，毒痛参并下。旦则号泣行，夜则悲吟坐。欲死不能得，欲生无一可。彼苍者何辜？乃遭此厄祸。

边荒与华异，人俗少义理。处所多霜雪，胡风春夏起。翩翩吹我衣，肃肃入我耳。感时念父母，哀叹无穷已。有客从外来，闻之常欢喜。迎问其消息，辄复非乡里。邂逅徼⑧时愿，骨肉来迎己。己得自解免，当复弃儿子。天属⑨缀人心，念别无会期。存亡永乖隔，不忍与之辞。儿前抱我颈，问母欲何之。人言母当去，岂复有还时？阿母常仁恻，今何更不慈？我尚未成人，奈何不顾思！见此崩五内⑩，恍惚生狂痴。号泣手抚摩，当发复回疑。兼有同时辈，相送告离别。慕我独得归，哀叫声摧裂。马为立踟蹰，车为不转辙。观者皆歔欷，行路亦呜咽。

去去割情恋，遄征⑪日遐迈。悠悠三千里，何时复交会？念我出腹子，胸臆为摧败。既至家人尽，又复无中外⑫。城郭为山林，庭宇生荆艾。白骨不知谁，从横⑬莫覆盖。出门无人声，豺狼号且吠。茕茕对孤景⑭，怛咤⑮糜肝肺。登高远眺望，魂神忽飞逝。奄若寿命尽，旁人相宽大。为复强视息，虽生何聊赖。托命于新人⑯，竭心自勖厉⑰。流离成鄙贱，常恐复捐废。人生几何时，怀忧终年岁。

选自中华书局排印本《后汉书·董祀妻传》

【注释】

①天常：古代儒家以君臣、父子、夫妇、兄弟、朋友等人伦五常为天生不变的法则，称为"天常"。如《左传·文公十八年》："颛顼有不才子，不可教训，不知话言，告之则顽，舍之则嚚，傲很德明，以乱天常。"或可解释为天之常理。

②篡弑：篡位弑君。光熹元年（190）权臣董卓以并州牧应袁绍之召入都，先废汉少帝刘辩为弘农王，次年又杀之。

③义师：初平元年（190），关东诸州郡牧守（冀州牧韩馥、兖州刺史刘岱、豫州刺史孔伷、南阳太守张咨等）结成讨卓盟军，号称十余万人，共推袁绍为盟主，开始了大规模持续反抗董卓的斗争。

④卓众来东下：卓众指董卓部下李傕、郭汜所率军队。初平三年，李、郭出兵关东，劫掠陈留、颍川诸县，蔡琰于此时被掳。

⑤撑拒：支撑。

⑥马边县男头，马后载妇女：这两句是实写。《三国志·魏书·董二袁刘传》载："卓性残忍不仁，遂以严刑胁众，睚眦之隙必报，人不自保。尝遣军到阳城。时适二月社，民各在其社下，悉就断其男子头，驾其车牛，载其妇女财物，以所断头系车辕轴，连轸而还洛，云攻贼大获，称万岁。入开阳城门，焚烧其头，以妇女与甲兵为婢妾。至于奸乱宫人公主。其凶逆如此。"

⑦亭刃：亭通"停"，亭刃指加刃。

⑧徼：同"侥"，侥幸。

⑨天属：天然的亲属，指直系亲属。

⑩五内：指心、肺、肝、脾、肾五脏，因位于体内，故又称五内。

⑪遄征：遄音传，遄征指快走、疾走。

⑫中外：就亲属而言，中指舅父的子女，为内兄弟；外指姑母的子女，为外兄弟。

⑬从横：从同"纵"，纵横指横竖交错。

⑭景：同"影"。

⑮怛咤：惊痛悲恻。

⑯新人：指董祀。

⑰勖厉：勖音序，勉励。

【汇评】

1. (清)陈祚明《采菽堂古诗选》卷四：《悲愤诗》首章笔调古宕，情态生动，甚类庐江小吏诗。彼所多在藻采细琢，此所多在沉痛惨怛，皆绝构也。

2. (清)沈德潜《古诗源》卷三：段落分明，而灭去脱卸转接痕迹，若断若续，不碎不乱，少陵《奉先咏怀》《北征》等作，往往拟之。

又曰：激昂酸楚，读去如惊蓬坐振，沙砾自飞，在东汉人中，力量最大。

又曰：使人忘其失节，而只觉可怜，由情真，亦由情深也。

3. (清)张玉毂《古诗赏析》卷六：汉五古如苏、李、《十九首》，多用兴比，言简意含，固是正宗。而长篇叙事言情，局陈恢张，波澜层叠。若文姬此作，实能以真气自开户牖，为后来杜老《咏怀》《北征》诸巨制之所祖，学诗者正不可以偏废也。

4.（近代）吴闿生《古今诗范》：吾以谓（悲愤诗）决非伪者，因其为文姬肺腑中言，非他人所能代也。

汉乐府诗·九首

汉乐府，即汉代乐府诗歌。乐府是一个官署，初设于秦，隶属于少府，专门管理乐舞演唱教习。汉初，乐府废弃。至武帝时重建乐府，负责采集民间歌谣或文人的诗来配乐，以备朝廷祭祀或宴会时演奏之用，并起到观风俗的作用。乐府所采集的民歌及文人仿乐府体的诗歌，后世统名之乐府。由此，乐府由一机构衍变为一种诗体。

现存汉乐府诗约数十首，大多产生于东汉后期。班固评价乐府诗说："皆感于哀乐，缘事而发。"(《汉书·艺文志》)内容覆盖广阔，富有真情实感，语言清丽自然，有些诗叙事成分增加，对人物形象的刻画注意运用语言、心理等多种方式，修辞艺术较质朴，句式以五言为主。

乐府诗是我国古典诗歌的重要体裁，以其丰富的艺术魅力影响了后世诗人。近人如黄节《汉魏乐府风笺》、闻一多《乐府诗笺》、余冠英《乐府诗选》等，为我们走进乐府诗的艺术天地提供了极大的便利。

战城南

战城南,死郭①北,野死不葬乌可食。为我谓乌:且为客豪②!野死谅③不葬,腐肉安能去子逃?水声激激,蒲苇冥冥④。枭骑⑤战斗死,驽马徘徊鸣。(梁)筑室,何以南,何以北,禾黍不获君何食?愿为忠臣安可得?思子良臣,良臣诚可思:朝行出攻,暮不夜归!

选自中华书局点校本《乐府诗集》第十六卷

【注释】

①郭:外城。

②豪:同"嚎",哀号。

③谅:揣度,想必的意思。

④冥冥:幽暗,晦暗。后人如江淹《杂体诗·潘黄门》:"梦寐复冥冥,何由觌尔形。"张籍《猛虎行》:"南山北山树冥冥,猛虎白日绕村行。"

⑤枭骑:枭同"骁",枭骑指善战之马。

【汇评】

1.(清)王夫之《古诗评选》卷一:铙歌杂鼓吹,谱字多不可读,唯此首略可通解。所咏虽悲壮,而声情缭绕,自不如吴均一派装长髯大面腔也。丈夫虽死,亦闲闲尔,何至赪面张奉?

2.(清)朱嘉徵《乐府广序》:"禾黍不获君何食",同古诗"羹饭一时熟,不知贻阿谁",其语更悲。

3.(清)沈德潜《古诗源》卷三:太白云:野战格斗死,败马嘶鸣向天悲。自是唐人语。读"枭骑"十字，何等简劲！末段思良臣，怀颇（廉颇）牧（李牧）之意也。

4.（清）陈本礼《汉诗统笺》：此犹屈子之《国殇》也。

5.（清）张玉榖《古诗赏析》卷五：此伤用人不当，使太平良佐徒死于战之时。

有所思

有所思，乃在大海南。何用问遗①君？双珠玳瑁②簪，用玉绍缭③之。闻君有他心，拉杂摧烧之。摧烧之，当风扬其灰！从今以往，勿复相思，相思与君绝！鸡鸣狗吠，兄嫂当知之。妃呼豨④！秋风肃肃晨风⑤飔，东方须臾高⑥知之！

选自中华书局点校本《乐府诗集》第十七卷

【注释】

①问遗：遗音慰，问遗是赠予。

②玳瑁：一种龟类，其外壳可作装饰。

③绍缭：缠绕。

④妃呼豨：叹息声；一说指语气助词，无意。

⑤晨风：一种猛禽。鸟纲鸷鹰目，隼类，即鹯。外形似老鹰，羽毛呈青黄色，飞行速度很快，多捕捉鸠、鸽、燕、雀等为食。

⑥高：通"皓"。

【汇评】

1.（清）沈德潜《古诗源》卷三：怨而怒矣，然怒之切，正望之深。末段余情无尽。

2.（清）陈本礼《汉诗统笺》：妃呼狶，人皆作声词读；细观上下语气，有此一转，便通身灵豁，岂可漫然作声词读耶！

3.（清）张玉榖《古诗赏析》卷五：此诗极写相思变态，末仍收到不忍轻绝意。

4.闻一多《乐府诗笺》：（此诗）曲折反复，声情顽艳。

上邪

上邪[①]！我欲与君相知，长命无绝衰。山无陵[②]，江水为竭，冬雷震震，夏雨[③]雪，天地合，乃敢与君绝！

选自中华书局点校本《乐府诗集》第十六卷

【注释】

①上邪：上指天，邪通"耶"。

②陵：山峰。

③雨：名词作动词，指下。

【汇评】

1.（清）沈德潜《古诗源》卷三："山无陵"下共五事，重叠言之，而不见其排，何笔力之横也！

2.（清）张玉榖《古诗赏析》卷五：叠用五事，两就地维说，两就天时说，直说到天地混合，一气赶落，不见堆垛，局奇笔横。

陌上桑

　　日出东南隅，照我秦氏楼。秦氏有好女，自名为罗敷。罗敷喜蚕桑，采桑城南隅。青丝为笼系，桂枝为笼钩。头上倭堕髻①，耳中明月珠。缃绮②为下裙，紫绮为上襦③。行者见罗敷，下担捋④髭须。少年见罗敷，脱帽著帩头⑤。耕者忘其犁，锄者忘其锄。来归相怨怒，但坐⑥观罗敷。

　　使君从南来，五马立踟蹰。使君遣吏往，问是谁家姝？"秦氏有好女，自名为罗敷。""罗敷年几何？""二十尚不足，十五颇有余。"使君谢罗敷："宁可⑦共载不？"罗敷前致辞："使君一何愚！使君自有妇，罗敷自有夫！"

　　"东方千余骑，夫婿居上头。何用识夫婿？白马从骊驹，青丝系马尾，黄金络马头；腰中鹿卢剑，可直千万余。十五府小吏，二十朝大夫，三十侍中郎，四十专城居⑧。为人洁白皙，鬑鬑⑨颇有须。盈盈⑩公府步，冉冉府中趋。坐中数千人，皆言夫婿殊。"

　　选自中华书局点校本《乐府诗集》第二十八卷

【注释】

①倭堕髻：又名"堕马髻"，汉时流行的一种发型，发髻偏于一边，呈欲堕之状。

②缃绮：缃是浅黄色；绮指有细密花纹的绫。

③襦：短袄。

④捋：抚摩，摩挲。

⑤帩头：帩音翘，帩头指男子用来包头发的纱巾。古人先以头巾束发，然后着帽。

⑥坐：因，由于。
⑦宁可：宁是询问词，意近其、岂；宁可指可不可以。
⑧专城居：指治理一城的长官，如太守、刺史之类。
⑨鬑鬑：鬑音连，鬑鬑指须发稀疏貌。
⑩盈盈：舒缓貌。

【汇评】

1.（清）王夫之《古诗评选》卷一：乐府诸曲多采之民间，以传管弦、悦流耳。即裁自文士，亦必笔墨气尽，吟咏情长。古体固然有如此者。虽因流俗之率尔，而裁制固自纯好。使不了汉为此，于"皆言夫殊"之下，必再作峻拒语，即永落恶道矣。

2.（清）沈德潜《古诗源》卷三：铺陈秾至，与辛延年《羽林郎》一副笔墨，此乐府体别于古诗者在此。

又曰："谢使君"四语，大义凛然。末段盛称夫婿，若有章法，若无章法，是古人入神处。

3.（清）张玉穀《古诗赏析》卷五：前后同一铺陈浓至，然前属作者正写，后乃就罗敷口中说出，故不觉堆垛板重。

长歌行

青青园中葵，朝露待日晞①。阳春布德泽，万物生光辉。常恐秋节至，焜黄②华叶衰。百川东到海，何时复西归！少壮不努力，老大徒伤悲！

选自中华书局点校本《乐府诗集》第三十卷

【注释】

①晞：晒干。

②焜黄：一般解为色衰枯黄，如唐代李善的《文选注》、今人余冠英先生的《乐府诗选》；吴小如先生则认为"焜黄"乃"焜煌"，意思如缤纷灿烂。

【汇评】

1. (唐)吴兢《乐府古题要解》：言荣华不久，当努力为乐，无至老大乃伤悲也。

2. (宋)郭茂倩《乐府诗集》引崔豹《古今注》曰：长歌、短歌，言人寿命长短，各有定分，不可妄求。

3. (清)王夫之《古诗评选》卷一：欲以警人，故音亦危迫。乃当其急敛，抑且推荡，迫中之促，无可及也。

4. (清)吴淇《六朝选诗定论》：全于时光短处写长。

5. (清)沈德潜《古诗源》卷三："阳春"十字，正大光明。谢康乐"皇心美阳泽，万象咸光昭"，庶几相类。

6. (清)张玉毂《古诗赏析》卷五：此警废学之诗。

7. (近代)黄节《汉魏乐府风笺》卷二引李子德曰："阳春布德泽，万物生光辉"，两京吏治文章，尽此十字。

上山采蘼芜

上山采蘼芜①，下山逢故夫。长跪问故夫，新人复何如？新人虽言好，未若故人姝。颜色类相似，手爪②不相如。新人从门入，故人从阁③去。新人工织缣④，故人工织素⑤。织缣日一匹，织素五丈余。将缣来比素,新人不如故。

选自中华书局穆克宏点校本《玉台新咏》卷一

【注释】

①蘼芜:一种香草,又名江蓠,花白色,古人相信蘼芜可使妇人多子。

②手爪:这里指纺织、缝纫等手艺。

③阁:小门、边门。

④缣:音兼,带黄色的绢,价格低贱。

⑤素:白色的细绢,价格比缣贵。

【汇评】

1.(清)王夫之《古诗评选》卷四:诗有叙事叙语者,较史尤不易。史才固以骤括生色,而从实着笔自易;诗则即事生情,即语绘状,一用史法,则相感不在永言和声之中,诗道废矣。此《上山采蘼芜》一诗所以妙夺天工也。杜子美仿之,作《石壕吏》,亦将酷肖,而每于刻画处犹以逼写见真,终觉于史有余,于诗不足。论者乃以"诗史"誉杜。见驼则恨马背之不肿,是则名为可怜闵者。

2.(清)贺贻孙《诗筏》:此诗将"手爪不相如"截住,分为两段咏之,见古人章法之奇。后段即前段语意,复说一遍,更觉浓至。此等手法,在文字中唯《南华》能之,他人止作一股,便觉意竭;倘效为之,则重复可厌矣。

3.(清)王尧衢《古唐诗合解》卷二:长跪而问故夫,中怀哀怨外致恪恭,"新人复何如"只一句问,故夫如何答得!"复"

字暗对"故人"说。以下是从旁将新人、故人比拟一番,而结到"新人不如故",以见故人浑厚而弃旧之情薄。"手爪不相如",以织言。一从门入,一从阁去,描出一种恶薄世态,所不忍看。

4.(清)张玉穀《古诗赏析》卷四:通章问答成章,乐府中有此一体,古诗中仅见斯篇。

饮马长城窟行

青青河畔草,绵绵思远道。远道不可思,宿昔①梦见之。梦见在我傍,忽觉在他乡。他乡各异县,展转不相见。枯桑知天风,海水知天寒。入门各自媚②,谁肯相为言。客从远方来,遗我双鲤鱼。呼儿烹鲤鱼,中有尺素书③。长跪读素书,书中竟何如?上言加餐食,下言长相忆。

选自中华书局点校本《乐府诗集》第三十八卷

【注释】

①宿昔:一作"夙昔",昨夜。

②媚:爱悦。

③尺素书:写在绢上的字,即书信。

【汇评】

1.(清)王夫之《古诗评选》卷一:纵横使韵,无曲不圆。即此一端,已足襟带千古。或兴或比,一远一近,谓止而流,谓流而止。神龙之兴云雾,以人情准之,徒有浩叹而已。神理略从

《东山》来。而以《东山》为鹄，关弓向之，则其差千里。此以天遇，非以意中者；熟吟"入门各自媚"一荡，或傲幸得之。

2.（清）王尧衢《古唐诗合解》卷一：从古闺情诗多言戍妇之苦，欲使人主知之惜之，此其作俑矣。

3.（清）陈祚明《采菽堂古诗选》卷四：此篇流宕曲折，转掉极灵，抒写复快，兼乐府、古诗之长，最宜熟诵。子桓兄弟拟古，全法此调。

4.（清）沈德潜《古诗源》卷三：通首皆思妇之词，缠绵宛折，篇法极妙。

又曰：前面一路换韵，联折而下，节拍甚急。"枯桑"二句，忽用排偶承接，急者缓之，最是古人神妙处。

5.（清）张玉穀《古诗赏析》卷六：此诗只作闺怨解。首八句，先叙我之思彼而不得见。首句比兴兼有。以草况思，比也。即草引思，兴也。旋即撇思入梦，由梦转觉，既觉复思，八句四转，就不可见顿住，惝悦迷离，极其曲折。"枯桑"四句，顶上"各异县"来，言独居之苦，唯独居者知之，收上我之思彼，即为下彼之思我引端。却不用正说，突插"枯桑""海水"二喻，凭空指点，更以有耦者之入门各媚，不肯相慰以言，显出莫可告诉神理，即反挑下文彼边寄书。后八句，顶上"相为言"来，将己欲寄书慰彼之意，在彼寄书慰我中显出。然从客来遗鱼，烹鱼有书，闲闲叙入，是急脉缓受法。"长跪"两语，写出郑重惊疑，竟括彼书怀己之意，阙然而止。而我思彼愈不能已之意，不缀一辞，已可想见，又是意到笔不到之妙境。一诗中能开无数法门，斯为杰构。

白头吟

皑如山上雪，皎若云间月。闻君有两意，故来相决绝。今日斗①酒会，明旦沟水头。躞蹀②御沟上，沟水东西流。凄凄复凄凄，嫁娶不须啼。愿得一心人，白头不相离。竹竿何袅袅③，鱼尾何簁簁④！男儿重意气，何用钱刀⑤为！

选自中华书局点校本《乐府诗集》第四十一卷

【注释】

①斗：古时盛酒器。

②躞蹀：音谢叠，小步慢行貌。

③袅袅：摆动貌。

④簁簁：簁音师，簁簁，犹漇漇，形容鱼尾似濡湿的羽毛那样。

⑤钱刀：古时的钱币有铸作马刀形的，故名钱刀。这里代指金钱。

【汇评】

1.（清）王夫之《古诗评选》卷一：亦雅亦宕，乐府绝唱。捎著当日说，一倍怆人。《谷风》叙有无之求，《氓》蚩数复关之约，正自村妇鼻涕长一尺语。必谓汉人乐府不及《三百篇》，亦纸窗下眼孔耳。屡兴不厌，天才欲比文园之赋心。

2.（清）陈祚明《采菽堂古诗选》卷三：调古情远，宛转其辞，以讽切为心，不取直，遂大是佳作。

又曰：明作决绝语，然语语有冀望之情焉。何其善立言也！

3.（清）陈沆《诗比兴笺》卷一：《玉台新咏》载此篇，题作《皑如山上雪》，不云《白头吟》，亦不云何人作也。《宋书》大曲有《白头吟》，作古辞。《御览》《乐府诗集》同之，亦无文君作《白头吟》之说。自《西京杂记》伪书始傅会文君，然亦不著其辞，未尝以此诗当之。及宋黄鹤注杜诗，混合为一。后人相沿，遂为妒妇之什，全乖风人之旨。且内意决绝，沟水东西，文君之于长卿，何至是乎？盖弃友逐妇之诗，非第小星逮下之词。"愿得一心人，白头不相离"，忠厚之至也。"男儿重意气，何用钱刀为"，慷慨之思也。

孔雀东南飞并序

汉末建安中，庐江府小吏焦仲卿妻刘氏，为仲卿母所遣，自誓不嫁。其家逼之，乃投水而死。仲卿闻之，亦自缢于庭树。时人伤之，而为此辞也。

孔雀东南飞，五里一徘徊。

"十三能织素，十四学裁衣。十五弹箜篌①，十六诵诗书。十七为君妇，心中常苦悲。君既为府吏，守节情不移。贱妾留空房，相见常日稀。鸡鸣入机织，夜夜不得息。三日断五匹，大人②故嫌迟。非为织作迟，君家妇难为！妾不堪驱使，徒留无所施。便可白公姥③，及时相遣归。"

府吏得闻之，堂上启阿母："儿已薄禄相，幸复得此妇。结发同枕席，黄泉共为友。共事二三年，始尔未为久。女行无偏斜,何意致不厚。"阿母谓府吏:"何乃太区区④!此妇无礼节,举动自专由。吾意久怀忿,汝岂得自由!东家有贤女,自名秦罗敷。可怜⑤体无比,阿母为汝求。便可速遣之,遣去慎莫留!"府吏长跪告,伏惟启阿母:"今若遣此妇,终老不复取!"阿母得闻之,槌床便大怒:"小子无所畏,何敢助妇语!吾已失恩义,会不相从许!"

府吏默无声,再拜还入户。举言谓新妇,哽咽不能语:"我自不驱卿,逼迫有阿母。卿但暂还家,吾今且报府⑥。不久当归还,还必相迎取。以此下心意,慎勿违吾语。"新妇谓府吏:"勿复重纷纭。往昔初阳⑦岁,谢家来贵门。奉事循公姥,进止敢自专?昼夜勤作息,伶俜⑧萦苦辛。谓言无罪过,供养卒大恩。仍更被驱遣,何言复来还!妾有绣腰襦,葳蕤⑨自生光。红罗复斗帐,四角垂香囊。箱帘⑩六七十,绿碧青丝绳。物物各自异,种种在其中。人贱物亦鄙,不足迎后人。留待作遣施,于今无会因⑪。时时为安慰,久久莫相忘!"

鸡鸣外欲曙,新妇起严妆⑫。著我绣夹裙,事事四五通。足下蹑丝履,头上玳瑁光。腰若流纨素,耳著明月珰⑬。指如削葱根,口如含朱丹。纤纤作细步,精妙世无双。上堂谢阿母,母听去⑭不止。"昔作女儿时,生小出野里。本自无教训,兼愧贵家子。受母钱帛多,不堪母驱使。今日还家去,念母劳家里。"却与小姑别,泪落连珠子。"新妇初来时,小姑始扶床。今日被驱遣,小姑如我长。勤心养公姥,好自相扶将。初七⑮及下九⑯,嬉戏莫相忘。"出门登车去,涕落百余行。

府吏马在前,新妇车在后。隐隐何甸甸⑰,俱会大道口。下马入车中,低头共耳语:"誓不相隔卿!且暂还家去,吾今且赴府。不久当还归，誓天不相负！"新妇谓府吏："感君区区怀！君既若见录，不久望君来。君当作磐石，妾当作蒲苇。蒲苇纫如丝，磐石无转移。我有亲父兄[18]，性行暴如雷。恐不任我意，逆[19]以煎我怀。"举手长劳劳[20]，二情同依依。

入门上家堂，进退无颜仪。阿母大拊掌[21]："不图子自归！十三教汝织，十四能裁衣，十五弹箜篌，十六知礼仪，十七遣汝嫁，谓言无誓违。汝今何罪过，不迎而自归？"兰芝惭阿母："儿实无罪过。"阿母大悲摧。

还家十余日，县令遣媒来。云有第三郎，窈窕世无双。年始十八九，便言多令才。阿母谓阿女："汝可去应之。"阿女衔泪答："兰芝初还时，府吏见丁宁[22]，结誓不别离。今日违情义，恐此事非奇。自可断来信，徐徐更谓之。"阿母白媒人："贫贱有此女，始适还家门。不堪吏人妇，岂合令郎君？幸可广问讯，不得便相许。"

媒人去数日，寻遣丞请还。说有兰家女，承籍有宦官。云有第五郎，娇逸[23]未有婚。遣丞为媒人，主簿[24]通语言。直说太守家，有此令郎君。既欲结大义[25]，故遣来贵门。阿母谢媒人："女子先有誓，老姥岂敢言！"

阿兄得闻之，怅然心中烦。举言谓阿妹："作计何不量！先嫁得府吏，后嫁得郎君。否泰如天地，足以荣汝身。不嫁义郎体，其往欲何云？"兰芝仰头答："理实如兄言。谢家事夫婿，中道还兄门。处分适兄意，那得自任专！虽与府吏要，渠会永无缘。登即相许和，便可作婚姻。"

媒人下床去，诺诺复尔尔[26]。还部白府君："下官奉使命，言谈大有缘。"府君得闻之，心中大欢喜。视历复开书，便利此月内,六合[27]正相应。良吉三十日,今已二十七,卿可去成婚。交语速装束,络绎如浮云。青雀白鹄舫,四角龙子幡。婀娜随风转,金车玉作轮。踯躅青骢马,流苏金镂鞍。赍[28]钱三百万,皆用青丝穿。杂彩三百匹,交广市鲑珍[29]。从人四五百,郁郁登郡门。

阿母谓阿女:"适得府君书,明日来迎汝。何不作衣裳?莫令事不举[30]!"阿女默无声,手巾掩口啼,泪落便如泻。移我琉璃榻,出置前窗下。左手持刀尺,右手执绫罗。朝成绣夹裙,晚成单罗衫。晻晻[31]日欲暝,愁思出门啼。

府吏闻此变,因求假暂归。未至二三里,摧藏马悲哀。新妇识马声,蹑履相逢迎。怅然遥相望,知是故人来。举手拍马鞍,嗟叹使心伤:"自君别我后,人事不可量。果不如先愿,又非君所详。我有亲父母,逼迫兼弟兄。以我应他人,君还何所望!"府吏谓新妇:"贺卿得高迁!磐石方且厚,可以卒千年;蒲苇一时纫,便作旦夕间。卿当日胜贵,吾独向黄泉!"新妇谓府吏:"何意出此言!同是被逼迫,君尔妾亦然。黄泉下相见,勿违今日言!"执手分道去,各各还家门。生人作死别,恨恨那可论?念与世间辞,千万[32]不复全!

府吏还家去,上堂拜阿母:"今日大风寒,寒风摧树木,严霜结庭兰。儿今日冥冥,令母在后单。故作不良计,勿复怨鬼神!命如南山石,四体康且直!"阿母得闻之,零泪应声落:"汝是大家子,仕宦于台阁。慎勿为妇死,贵贱情何薄!东家有贤女,窈窕艳城郭。阿母为汝求,便复在旦夕。"府吏再拜还,长叹空房中,作计[33]乃尔立。转头向户里,渐见愁煎迫。

其日牛马嘶,新妇入青庐。奄奄[34]黄昏后,寂寂人定[35]初。

我命绝今日，魂去尸长留！揽裙脱丝履，举身赴清池。府吏闻此事，心知长别离。徘徊庭树下，自挂东南枝。

　　两家求合葬，合葬华山傍。东西植松柏，左右种梧桐。枝枝相覆盖，叶叶相交通㉟。中有双飞鸟，自名为鸳鸯。仰头相向鸣，夜夜达五更。行人驻足听，寡妇起彷徨。多谢后世人，戒之慎勿忘。

选自中华书局点校本《乐府诗集》第七十三卷

【注释】

①箜篌：乐器名。古代一种弦乐器，形状似瑟而较小，弦数不一，少至五根，多至二十五根，用木拨弹奏。

②大人：对长辈的敬称，这里指焦母。

③公姥：姥音母，公姥在此处是偏义复词，偏指姥，即婆婆。

④区区：固执、迂腐。

⑤可怜：可爱。

⑥报府：报音赴，同"赴"，报府即赶赴府衙办公。

⑦初阳：冬至后、立春前的一段时间。此时阳气初动，万物萌生，故称初阳。

⑧伶俜：孤单的样子。

⑨葳蕤：草木茂盛下垂的样子。此处用来形容刺绣花样美丽。

⑩箱帘：帘通奁，箱帘指用于收纳物品的器具。

⑪会因：会面的机会。

⑫严妆：盛妆，指精心打扮的妆饰。

⑬明月珰:珰音当,明月珰指用明月珠做的耳坠。

⑭听去:听凭(任凭)兰芝离去。

⑮初七:指农历七月初七,即七夕节、乞巧节。

⑯下九:古时以每月二十九日为上九,初九为中九,十九为下九。妇女一般在下九集会,饮酒作乐。

⑰隐隐何甸甸:甸音田,形容车马声。何是助词。

⑱父兄:用法同公姥,偏指兄。

⑲逆:逆料、设想。

⑳劳劳:忧伤惆怅的样子。

㉑拊掌:拍掌,表示惊讶。

㉒见丁宁:见指我,丁宁同"叮咛",嘱咐。

㉓娇逸:娇美文雅。

㉔主簿:郡衙掌管文书簿籍的官吏。

㉕结大义:这里指结亲。

㉖诺诺复尔尔:答应,类似"好的,好的,就这样,就这样"。

㉗六合:指一年十二个月中季节相应的变化,如仲春和仲秋为合,仲夏和仲冬为合。古人结亲讲究良辰吉日,所选定的日子要年、月、日的天干和地支都相适合,此所谓"六合"。

㉘赍:音积,赠送。

㉙鲑珍:鲑音鞋,指鱼类菜肴的总称;鲑珍泛指山珍海味。

㉚事不举:措手不及。

㉛晻晻:音掩,天色渐暗的样子。

㉜千万:无论如何。

㉝作计:此处指做好了自杀的打算。

㉞奄奄：同"晻晻"。

㉟人定：指夜深人静的时候。

㊱交通：交错。

【汇评】

1.（明）胡应麟《诗薮·内编》卷一：《孔雀东南飞》质而不俚，详而有体，五言之史也。而皆浑朴自然，无一字造作，诚为古今绝唱。

又卷一曰：五言之赡，极于《焦仲卿妻》；杂言之赡，极于《木兰》。

又卷二曰：古诗短体如《十九首》，长篇如《孔雀东南飞》，皆不假雕琢，工极天然。百代而下，当无继者。

2.（明）王世贞《艺苑卮言》卷二：《孔雀东南飞》质而不俚，乱而能整，叙事如画，叙情若诉，长篇之圣也。

3.（明）许学夷《诗源辩体》卷三：汉人乐府五言《焦仲卿》诗，真率自然而丽藻间发，与《陌上桑》并胜，人未易晓。何仲默云："古今惟此一篇。凡歌辞简则古，此篇愈繁愈古。"王元美云："《孔雀东南飞》质而不俚，乱而能整，叙事如画，叙情若诉，长篇之圣也。"然"命如南山石"二句，上下或有脱简。

4.（清）贺贻孙《诗筏》：叙事长篇动人啼笑处，全在点缀生活，如一本杂剧，插科打诨，皆在净丑。《焦仲卿》篇，形容阿母之虐，阿兄之横，亲母之依违，太守之强暴，丞吏、主簿一班媒人张皇趋附，无不绝倒，所以入情。若只写府吏、兰芝两人痴态，虽刻画逼肖，决不能引人涕泗纵横至此也。

5.（清）陈祚明《采菽堂古诗选》卷二：长篇淋漓古致，华采纵横，所不俟言。佳处在历述十许人口中语，各肖其声情，神化之笔也。

又曰：凡长篇不可不频频照应，不则散漫。篇中如"十三织素"云云，"吾今且赴府"云云，"磐石蒲苇"云云，及"鸡鸣"之于"牛马嘶"，前后两"默无声"，皆是照应法。然用之浑然，初无形迹故佳，乃神化于法度者。

6. （清）沈德潜《古诗源》卷四：淋淋漓漓，反反复复，杂述十数人口中语，而各肖其声音面目，岂非化工之笔！

又曰：长篇诗若平平叙去，恐无色泽，中间须点染华缛，五色陆离，使读者心目俱炫。如篇中新妇出门时，"妾有绣罗襦"一段；太守择日后，"青雀白鹄舫"一段是也。

又曰：作诗贵剪裁，入手若叙两家家世，末段若叙两家如何悲恸，岂不冗漫拖沓？故竟以一二语了之，极长诗中具有剪裁也。

又曰：蒲苇、磐石，即以新妇语诮之，乐府中每多此种章法。

7. （清）沈德潜《说诗晬语》卷上：庐江小吏妻诗共一千七百四十言，杂述十数人口中语，而各肖其声口性情，真化工笔也。中别小姑一段悲怆之中，自足温厚。

8. （清）张玉穀《古诗赏析》卷七：古来长诗，此为第一，而读去不觉其长者，结构严密也。

又曰：长诗无剪裁则伤繁重，无蕴藉则伤平直，无呼应则伤懈弛，无点缀则伤枯淡。此诗须看其错综诸法，无美不臻处。

古诗十九首·九首

《古诗十九首》因萧统所编《文选》而得名，是五言诗的"冠冕"之作。自建安时代开始，《古诗十九首》就成了文学史上的经典。不仅得到人们的称赞，也有陆机等竞相模拟。钟嵘称《古诗十九首》曰："文温以丽，意悲而远，惊心动魄，可谓几乎一字千金！"明王懋更誉之为"五言之《诗经》"。但这组诗的作者和产生的时代一直未明，争论不休。刘勰、钟嵘等古人，梁启超、铃木虎雄、朱偰、徐中舒、古直等近代人，论议纷纭，迄无定论。我们暂认为它产生于汉代（西汉和东汉），且非一人一时一地所作。从诗歌技艺上来推测，这组诗的作者应当具有较高的文学素养，而非普通民众。这组诗中的主人公主要是游子和思妇，诗歌主题则主要围绕游子的游宦生涯、思妇的闺中相思展开。格调浑成，蕴藉丰厚，语言洗练自然，善用比兴寄托，发展了古代诗歌的抒情艺术，是中国文人诗进入成熟时期的显著标志。历来为人奉为古代抒情诗的典范。近人笺注研究之作，以朱自清《古诗十九首释》、隋树森《古诗十九首集释》、马茂元《古诗十九首初探》等为代表。当代文史学者范子烨先生在《〈古诗十九首〉的时代与作者之谜》一文中评价《古诗十九首》的价值说:"诗人向我们呈现的是黑暗中的光明,是枷锁下的自由,是痛苦中的甜蜜,是冷酷中的热烈,是孤寂中的呐喊……诗人那高度纯熟的语言艺术以及那流溢在诗中的令人震撼的人性光辉造就了其在人类诗史上的永恒价值。"

本书所选《古诗十九首》,皆选自上海古籍出版社点校本《文选》第二十九卷。

行行重行行

行行重行行,与君生别离①。相去万余里,各在天一涯。道路阻且长②,会面安可期?胡马依北风,越鸟巢南枝③。相去日已④远,衣带日已缓。浮云蔽白日,游子不顾反。思君令人老,岁月忽已晚。弃捐勿复道,努力加餐饭。

【注释】

①生别离:活生生的分离。《楚辞·九歌·少司命》:"悲莫悲兮生别离。"

②道路阻且长:《诗·秦风·蒹葭》:"溯洄从之,道阻且长。"

③胡马依北风,越鸟巢南枝:北方的马依恋北风,南方的鸟栖息在南向的树枝上。胡代指北方,越代指南方。此二句托物寓意,谓禽兽尚有故土之恋,远行之人岂无怀乡之情!

④已:同"以",助词。

【汇评】

1. （明）陆时雍《古诗镜》卷二：一句一情，一情一转。"行行重行行"，衷何绻也。"与君生别离"，情何惨也。"相去日已远，衣带日已缓"，神何悴也。"浮云蔽白日，游子不顾返"，怨何温也。"弃捐勿复道，努力加餐饭"，前为废食，今乃加餐，亦无奈而自宽云耳。"衣带日已缓"一语，韵甚。"浮云蔽白日"，意有所指，此诗人所为善怨。此诗含情之妙，不见其情；蓄意之深，不知其意。

2. （明）王世贞《艺苑卮言》卷二："相去日以远，衣带日以缓。""缓"字妙极。又古歌云："离家日趋远，衣带日趋缓。"岂古人亦相蹈袭耶？抑偶合也？"以"字雅，"趋"字峭，俱大有味。

3. （明）许学夷《诗源辩体》卷三：汉人古诗本未可以句摘，但魏晋以下既有句摘，而汉人无摘不足以较盛衰，今姑摘起结数十语以见大略。起语如"行行重行行，与君生别离。相去万余里，各在天一涯"。……"驱车上东门，遥望郭北墓。白杨何萧萧，松柏夹广路。"……结语如"思君令人老，岁月忽已晚。弃捐勿复道，努力加餐饭。""不惜歌者苦，但伤知音稀。愿为双鸣鹤，奋翅起高飞。"……"人生非金石，岂能长寿考？奄忽随物化，荣名以为宝。"……"服食求神仙，多为药所误。不如饮美酒，被服纨与素"等句，不但语出天成，而兴象玲珑，意致深婉，亦可概见。熟咏全篇，则建安以还，高下自别矣。

4. （清）王夫之《古诗评选》卷四：《十九首》该情一切，群怨俱互，诗教良然，不以言著。

5. （清）吴淇《六朝选诗定论》：妙在"已晚"上着一"忽"字。比衣带之缓曰"日已"，逐日抚髀，苦处在渐；岁月之晚曰"忽已"，陡然惊心，苦处在顿。

6.（清）陈祚明《采菽堂古诗选》卷三：用意曲尽，创语新警。

今日良宴会

今日良宴会，欢乐难具陈。弹筝奋逸响①，新声妙入神。令德②唱高言，识曲听其真。齐心同所愿，含意俱未申。人生寄一世③，奄忽若飙尘④。何不策高足，先据要路津？无为守贫贱，轗轲⑤长苦辛。

【注释】

①逸响：奔放飘逸之声。

②令德：美德。《左传·襄公十九年》："夫铭，天子令德，诸侯言时计功，大夫称伐。"

③人生寄一世：形容人生短暂，有如暂时寄居于世间一样。在道家的哲学中，有个"旅归"的概念，用来比喻人的生命。人的生命是暂时的，就像旅行反归家乡；然道却是永恒的，就像自己的家。《尸子》引《老莱子》说："人生天地之间，寄也。寄者，同归也。古者谓死人为归人，其生也存，其死也亡，人生也少矣，而岁往之亦速矣。"

④奄忽若飙尘：奄忽指急促、迅速；飙指狂风；尘指尘土。此句比喻人的短暂的生命就像狂风吹起的尘土一样飘忽不定。

⑤轗轲：同"坎坷"，原指车行颠簸，这里指人困顿不得志。

【汇评】

1.（明）陆时雍《古诗镜》卷二：慷慨激昂。"何不策高足，先据要路津？无为守贫贱，轗轲长苦辛"，正是欲而不得。

2.（明）孙鑛《文选瀹注》：造语极古淡，然却有雅味，此等调最不易学。

3.（清）李因笃《汉诗评》：与《青青陵柏篇》感寄略同，而厥怀弥愤。

4.（清）陈祚明《采菽堂古诗选》卷三：此应是合乐之作，寄意在后六句。欲听者辨之，故曰"识曲听其真"。听曲者但知声，未必详其何所诉也。"齐心"二句，言贫贱之情，人有同感，各有所愿，未获伸白，我今代为倾吐，意望听乐贵人，闻而接引。盖古"白水""南山"之旨。尘随风飞，其去甚速。

5.（清）沈德潜《古诗源》卷四："据要津"，乃诡词也。古人感愤，每有此种。

6.（近代）王国维《人间词话》六二："昔为倡家女，今为荡子妇。荡子行不归，空床难独守。""何不策高足，先据要路津？无为久贫贱，轗轲长苦辛。"可谓淫鄙之尤。然无视为淫词、鄙词者，以其真也。五代、北宋之大词人亦然。非无淫词，读之者但觉其亲切动人。非无鄙词，但觉其精力弥满。可知淫词与鄙词之病，非淫与鄙之病，而游词之病也。

西北有高楼

西北有高楼，上与浮云齐。交疏①结绮窗，阿阁三重阶。上有弦歌声，音响一何悲！谁能为此曲，无乃杞梁妻②。清商③随风发，中曲正徘徊。一弹再三叹，慷慨有余哀。不惜歌者苦，但伤知音稀。愿为双鸣鹤④，奋翅起高飞。

【注释】

①交疏：交错镂刻。

②杞梁妻：《列女传·贞顺传》载齐庄公袭莒，杞梁殖战死，杞梁妻"就其夫之尸于城下而哭之，十日而城为之崩"。《说苑·立节篇》载："齐庄公伐莒，杞梁斗死，其妻闻之而哭，城为之阤，而隅为之崩。"又《琴操》曰："《杞梁妻叹》者，齐邑杞梁殖之妻所作也。殖死，妻叹曰：'上则无父，中则无夫，下则无子，将何以立吾节？亦死而已。'援琴而鼓之。曲终，遂自投淄水而死。"

③清商：古代五音（宫、商、角、徵、羽）中的商音音调凄清悲切，被称为"清商"。《韩非子·十过》："公曰：'清商固最悲乎？'师旷曰：'不如清徵。'"宋玉《长笛赋》曰："吟清商，追流徵。"

④鸣鹤：《文选》五臣注、《玉台新咏》皆作鸿鹄。

【汇评】

1.（唐）李善《文选注》：此篇明高才之人，仕宦未达，知人者稀也。

2.（明）陆时雍《古诗镜》卷二：抚衷徘徊，四顾无侣。"不惜歌者苦，但伤知音稀""愿为双鸿鹄，奋翅起高飞"，空中送情，知向谁是？言之令人悱恻。

3.（明）孙鑛《文选瀹注》：叙事有次第，首尾完净，思圆而调响，苍古中有疏快，绝堪讽咏。

4.（清）王夫之《古诗评选》卷四：来端不可知，自然驱赴。以目视者浅，以心视者深。

5.（清）吴淇《六朝选诗定论》：(《古诗十九首》)唯此首最为悲酸。

6.（清）陈祚明《采菽堂古诗选》卷三：伤知音稀，亦与"识曲听其真"同慨，二诗意相类。

7.（清）张庚《古诗十九首解》：摹写声音，正摹写其人也。

8.（清）王尧衢《古唐诗合解》卷二：此叹知音稀而苦心无与其白也。……欲借杞梁妻以比士之不得志者，曲调清商最为哀苦，而况杞妻苦心苦节，垂死而歌，将曲意徘徊一弹再鼓，闻者莫不生哀；今我非不惜歌者之苦也，伤无知音，苦心难白，思为双鹤，飞鸣戾天，超出尘表，庶不致汩汩尘埃，没世而名不称也。

庭中有奇树

庭中有奇树，绿叶发华滋。攀条折其荣，将以遗所思。馨香盈怀①袖，路远莫致之②。此物何足贵，但感别经时。

【注释】

①怀：王逸《楚辞注》曰："在衣曰怀。"

②路远莫致之：《毛诗》曰："岂不尔思，远莫致之。"致，《说文》："致，送诣也。"

【汇评】

1.（明）陆时雍《古诗镜》卷二：末二语无聊自解，眷眷申情。

2.（清）王夫之《古诗评选》卷四：每一回笔，如有千波，而终平漱。古人之力其神乎！

3.（清）朱筠《古诗十九首说》："庭中有奇树"，因意中有人，然后感到树。盖人之相别，却在树未发华之前，睹此华滋，岂能漠然！"攀条折其荣，将以遗所思"，因物而思绪百端矣。

4.（清）姜任修《古诗十九首绎》：怀中别思，与香俱盈，不惟其物，而惟其意。

迢迢牵牛星

迢迢①牵牛星，皎皎河汉②女。纤纤擢素手，札札③弄机杼④。终日不成章，泣涕零如雨。河汉清且浅，相去复几许！盈盈⑤一水间，脉脉不得语。

【注释】

①迢迢：遥远的样子。
②河汉：天河、银河。
③札札：象声词，机织声。
④杼：音助，旧式织布机上的梭子。
⑤盈盈：水清澈的样子。

【汇评】

1.（明）陆时雍《古诗镜》卷二：末二语就诗微挑，追情妙绘，绝不费思一点。

2.（明）孙鑛《文选瀹注》：全是演《毛诗》语，末四句直截痛快，振起全首精神，然亦是《河汉》脱胎来。

3.（清）王夫之《古诗评选》卷四：终始咏牛、女耳，可赋可比，可理可事可情，此以为《十九首》。全于若不尔处设色。

4.（清）张庚《古诗十九首解》：欲写织女之系情于牵牛，却先用"迢迢"二字将牵牛推远，以下方就织女写出许多情致。

5.（清）陈祚明《采菽堂古诗选》卷三：远而不相知，不若近而不相得之悲更切也。人唯有情而不能语，故咏叹以传之。近矣可以传矣，而不能传，于是呼嗟太息，宛转而陈其词，乃愈哀也。叠字并灵沽，"脉脉"者，有条有绪，若呼吸相通，寻之有端，而即之殊远。二字含蓄无尽。"心有灵犀一点通"即此意，而雅俗霄壤。

6.（清）沈德潜《古诗源》卷四：相近而不能达情，弥复可伤，此亦托兴之词。

7.（清）王尧衢《古唐诗合解》卷二：河汉清浅，相去甚近，所隔者止盈盈一水耳，一语何难；乃脉脉相视，未免有情，而不得通一言半语！因想古来之孤臣孽子、离人怨妇断肠苦况，真正啼笑两难，有说不出来之苦者，大概即此矣，然乎否？

8.（近代）梁启超《中国之美女及其历史》：至如《迢迢牵牛星》一章，纯借牛女作象征，没有一字实写自己情感，而情感已活跃句下。此种做法，和周公的《鸱鸮》一样，实文学界最高超的技术（原注：汉初作品如高祖之《鸿鹄歌》、刘章之《耕田歌》，尚有此种境界，后来便很少了）。

回车驾言迈

回车驾言①迈，悠悠涉长道。四顾何茫茫，东风摇百草。所遇无故物，焉得不速老。盛衰各有时，立身苦不早。人生非金石，岂能长寿考？奄忽随物化②，荣名③以为宝。

【注释】

①言：语助词。

②化：谓变化而死也。不忍斥言其死，故言随物而化也。《庄子·刻意》："圣人之生也天行，其死也物化。"

③荣名：荣誉，美名。《淮南子·修务训》："死有遗业，生有荣名。"

【汇评】

1. （清）王夫之《古诗评选》卷四：此直赋情事，陶令亦效此，乃相去若何？

2. （清）陈祚明《采菽堂古诗选》卷三：慨得志之无时，河清难俟，不得已而托之身后之名。名与身孰亲？悲夫！

又曰：古今唯此失志之感，不得已而托之名，托之神仙，托之饮酒。惟知道者，可以冥忘。有所托以自解者，其不解弥深。

3. （清）王尧衢《古唐诗合解》卷二：车无所往，故回；又驾而涉悠悠之长道，不知何处税驾，四顾茫然，唯见百草动摇于东风耳。"摇"字妙，是从"中心摇摇"来，写得旷而悲。"所遇无故物，焉得不速老"，王孝伯称此句极佳。

驱车上东门

驱车上东门①，遥望郭北墓。白杨何萧萧，松柏夹广路②。下有陈③死人，杳杳④即长暮。潜寐黄泉下，千载永不寤。浩浩阴阳移，年命如朝露。人生忽如寄，寿无金石固。万岁更相送，贤圣莫能度⑤。服食求神仙，多为药所误。不如饮美酒，被服纨与素。

【注释】

①上东门：洛阳城东面有三门，最北面的门即上东门。

②松柏夹广路：仲长统《昌言》："古之葬者，松柏梧桐，以识其坟也。"

③陈：久。

④杳杳：幽暗貌。

⑤度：过，超越。

【汇评】

1. （明）陆时雍《古诗镜》卷二：汉人诗多含情不露。

2. （清）陈祚明《采菽堂古诗选》卷三：此诗感慨激切甚矣。然通篇不露正意一字。盖其意所愿，据要路，树功名，光旂常，颂竹帛，而度不可得，年命甚促，今生已矣，转瞬与泉下人等耳。神仙不可至，不如放意娱乐，勿复念此；其无复念此者，正不能不念也。夫饮酒被纨素，果遂足乐乎？与极宴娱心意，荣名以为宝，同一旨。妙在全不出正意，故佳。愈淋漓，愈含蓄。

生年不满百

生年不满百，常怀千岁忧。昼短苦夜长，何不秉烛游！为乐当及时，何能待来兹①？愚者爱惜费②，但为后世嗤。仙人王子乔③，难可与等期④。

【注释】

①来兹：《吕氏春秋·任地》："今兹美禾，来兹美麦。"高

诱注：兹，年。

②爱惜费：舍不得花钱。爱：吝惜。

③王子乔：《列仙传》载："王子乔者，周灵王太子晋也。好吹笙，作凤鸣。道人浮丘公接以上嵩山。"

④等期：寄托同等的期望。

【汇评】

1. （明）陆时雍《古诗镜》卷二：起四句名语创获，末二句将前意一喷再醒。"为乐当及时，何能待来兹"，念此已是抚然；至读"少壮不努力，老大徒伤悲"，益嗟叹自失。乃知此言无不可感。

2. （清）方廷珪《文选集成》：直以一杯冷水，浇财奴之背。

3. （清）陈祚明《采菽堂古诗选》卷三：亦与《驱车上东门》篇同意。其端更不可寻。此首起十字演为《上东门》篇，《上东门》篇结十字演为此篇，俱不出正意。古人为文，批却导虚，变化百出。故一意可成数篇，一事可以各咏，往往生新，不相蹈袭。

4. （清）方东树《昭昧詹言》卷一：《生年不满百》，万古名言，即前"驱车"（《驱车上东门》）篇意，而皆重在饮酒，及时行乐，是其志在旷达。汉魏人无明儒理者，故极高志止此而已。

客从远方来

客从远方来，遗①我一端②绮。相去万余里，故人心尚尔。文彩双鸳鸯，裁为合欢被。著③以长相思，缘④以结不解。以胶投漆中，谁能别离此？

【注释】

①遗：音慰，赠送。

②一端：半匹。《左传·昭公二十六年》"以币锦二两"，杜预注："二丈为一端，二端为一两，所谓匹也。二两，二匹。"

③著：音卓，将丝棉装进衣被中。《文选》李善注引郑玄《仪礼注》曰：著，谓充之以絮也。

④缘：装饰边缘。《文选》李善注引郑玄《礼记注》曰：缘，饰边也。

【汇评】

1.（明）杨慎《升庵诗话》卷三：长相思，谓以丝缕络绵交互网之，使不断，长相思之义也。结不解，按《说文》："结而可解曰纽，结不解曰缔。"缔，谓以针缕交锁联结，混合其缝，如古人结绸缪同心制，取结不解之义也。既取其义，以著爱而结好，又美其名曰"相思"、曰"不解"云。合欢被，宋赵德麟《侯鲭录》有解。会而观之，可见古人咏物托意之工矣。

2.（明）陆时雍《古诗镜》卷二：极缠绵之致。

3.（清）王夫之《古诗评选》卷四：无数婉缛，但一直写之。

4.（清）成书《多岁堂古诗存》："尚尔"二字，是久在意中又出意外之辞，是日夜计之日夜冀之之念，实从心坎中绘出。非泛泛感激语。

5.（清）朱筠《古诗十九首说》：于不合欢时作"合欢"想，口里是喜，心里是悲；更"著以长相思，缘以结不解"，无中生有，奇绝幻绝！说至此，一似方成鸾交未曾离者。结曰"谁能"，形神俱忘矣。又谁知不能"别离"者今已别离，"一端绮"是悬想、"合欢被"乃乌有也？

魏诗·十八首

曹操诗·四首

曹操（155—220），字孟德，小字阿瞒，沛国谯县（今安徽亳州）人。三国时期杰出的政治家、军事家、文学家。东汉末年，诸侯纷争。曹操以汉天子的名义征讨四方，对内消灭了袁绍、袁术、吕布、刘表、马超、韩遂等割据势力，对外则降服了南匈奴、乌桓、鲜卑等，统一了北方。并通过广兴屯田、兴修水利、奖励农桑、重视手工业、安置流亡人口、实行"租调制"等一系列政策恢复和发展了社会经济，维护了社会安定。曹操在世时，位至大将军、丞相，封魏王。其子曹丕称帝后，追尊为武帝。陈寿称赞其为"非常之人，超世之杰"。

曹操的诗歌皆为乐府体，有四言、五言，内容多反映汉末动乱的社会现实，诸侯纷争给普通百姓造成的伤害；也抒发了他一统天下、希求英才的伟大抱负；但有时也流露出因岁月流逝而感到的无可奈何。其诗语言质朴，格调苍凉悲壮。钟嵘评价说："曹公古直，甚有悲凉之句。"鲁迅称赞其为"改造文章的祖师"。其著作今有整理排印本《曹操集》。

蒿里行[1]

关东有义士[2],兴兵讨群凶。初期会盟津[3],乃心在咸阳[4]。军合力不齐,踌躇而雁行。势利使人争,嗣还[5]自相戕。淮南弟称号[6],刻玺于北方[7]。铠甲生虮虱,万姓以死亡。白骨露于野,千里无鸡鸣。生民百遗[8]一,念之断人肠。

选自中华书局点校本《乐府诗集》第三十卷

【注释】

①蒿里行:乐府曲名。崔豹《古今注》载:"《薤露》《蒿里》并丧歌也。出田横门人。横自杀,门人伤之,为之悲歌。言人命如薤上之露,易晞灭也。词亦谓人死精魄归乎蒿里。……至孝武时,李延年乃为二曲:《薤露》送王公贵人,《蒿里》送士大夫庶人。使挽柩者歌之,亦呼为挽歌。"

②关东有义士:关东指古函谷关(今河南灵宝东北)以东。初平元年(190)正月,关东诸州郡牧守纷纷起兵,讨伐董卓,共推勃海郡(今河北南皮东北)太守袁绍为盟主,诸州郡牧守各拥兵数万。

③盟津:即孟津。据《尚书·禹贡》注:"孟为地名,在孟置津,谓之孟津。"在今河南省孟州南。《史记·周本纪》载:"九年,武王上祭于毕。东观兵,至于盟津。"

④咸阳:秦都城。上两句是用典,诸州郡牧守结成盟军是期望如周武王盟津会盟,吊民伐罪,像刘邦、项羽一样攻入咸阳。

⑤嗣还:还音悬,嗣还指不久。讨董盟军各抱打算,"日置酒高会,不图进取"(《三国志·魏书·武帝纪》),后袁绍、韩馥、

公孙瓒之间发生内讧，相互火并。

⑥淮南弟称号：淮南指今安徽寿县，弟指袁绍从弟袁术。建安二年（197），袁术以寿春为都，称国号成国，年号仲家，史称仲家皇帝。

⑦刻玺于北方：初平二年（191），袁绍刻制皇帝玉玺，阴谋废掉汉献帝，立刘虞为天子。北方是相对于淮南而言，时袁绍屯兵河内（今河南沁阳）。

⑧遗：留下。

【汇评】

1. （明）钟惺、谭元春《古诗归》卷七：看尽乱世群雄情形。

2. （清）陈祚明《采菽堂古诗选》卷五：此咏关东诸侯。"军合"四句，足尽诸人心事。"白骨"四句，悲哀。笔下整严，老气无敌。

3. （清）沈德潜《古诗源》卷五：借古乐府写时事，始于曹公。

4. （清）张玉穀《古诗赏析》卷八：二章皆赋当时之事，而借此旧题，盖亦有故。《薤露》《蒿里》本送葬哀挽之词，用以伤乱后丧亡，固无不可。……下章万姓死亡，意重在下之人，又恰与……《蒿里》送士大夫庶人两相配合，勿徒以创格目之也。

短歌行

对酒当①歌，人生几何！譬如朝露②，去日苦多。慨当以慷，忧思难忘。何以解忧？唯有杜康③。青青子衿，悠悠我心④。但为君故，沉吟至今。呦呦鹿鸣，食野之苹。我有嘉宾，鼓瑟吹笙⑤。明明如月，何时可掇⑥？忧从中来，不可断绝。越陌度阡，枉用相存。契阔⑦谈䜩，心念旧恩。月明星稀，乌鹊南飞。绕树三匝，何枝可依？山不厌高，海不厌深⑧。周公吐哺，天下归心⑨。

选自上海古籍出版社点校本《文选》第二十七卷

【注释】

①当：对，正当，也可解释为应当。

②譬如朝露：秦嘉《赠妇诗》："人生譬朝露。"《古诗十九首·驱车上东门》："年命如朝露。"形容人生如朝露一般短暂。

③杜康：古代酿酒技术的发明者。一说黄帝时人，一说夏朝人，还有说周朝人。这里代指美酒。

④青青子衿，悠悠我心：出《诗·郑风·子衿》："青青子衿，悠悠我心，纵我不往，子宁不嗣音。"此处借指对贤人的思慕。衿指衣领；"青衿"乃周代学子的服装。

⑤"呦呦鹿鸣"四句：出《诗·小雅·鹿鸣》。《鹿鸣》本为宴客诗，这里借指表示对招纳贤才的热情。

⑥掇：拾取、摘取。

⑦契阔：契指契合；阔指疏远。契阔在这里偏指契。

⑧山不厌高，海不厌深：《管子·形势解》："海不辞水，故能成其大；山不辞土石，故能成其高；明主不厌人，故能成其众；士不厌学，故能成其圣。"李斯《谏逐客书》："是以泰山不让土壤，故能成其大；河海不择细流，故能就其深；王者不却众庶，故能明其德。"

⑨周公吐哺，天下归心：《史记·鲁周公世家》："周公戒伯

禽曰：'我文王之子，武王之弟，成王之叔父，我于天下亦不贱矣。然我一沐三捉发，一饭三吐哺，起以待士，犹恐失天下之贤人。'"此处曹操以周公自比，表达其求贤建功的雄心。

【汇评】

1. （明）陆时雍《古诗镜》卷四：耸然高峙，绝无缘傍。壮士搔首语，不入绮罗丽句，老气酷烈扑人。

2. （清）王夫之《古诗评选》卷一：尽古今人废此不得，岂不存乎神理之际哉？以雄快感者，雅士自当不谋。今雅士亦为之心尽，知非雄快也。此篇人人吟得，人人埋没，皆缘摘句索影，谱入孟德心迹。一合全首读之，何尝如此。捧画上钟馗，嗅他靴鼻，几曾有些汗气？惭惶惭惶。

3. （清）陈祚明《采菽堂古诗选》卷五：此是孟德言志之作。禅夺之意已萌，而沉吟未决，畏为人嫌。嗟岁月之如流，感忧思而不已。又恐进退失据，末乃断然自定。

又曰：跌宕悠扬，极悲凉之致。

4. （清）何焯《义门读书记》卷四十七：犹是汉音。《宋书》"明明如月"一解在"呦呦鹿鸣"之上，斯为文从字顺。观后半，则发端乃《传》所谓古之王者，知寿命之不长，故并建圣哲，盖此诗之旨也。

5. （清）沈德潜《古诗源》卷五："月明星稀"四句，喻客子无所依托。"山不厌高"四句，言王者不却庶众，故能成其大也。

6. （清）张玉穀《古诗赏析》卷八：此叹流光易逝，欲得贤才，以早建王业之诗。……《解题》谓当及时行乐，何其掉以轻心。

7.（清）陈沆《诗比兴笺》卷一：此诗即汉高《大风歌》思猛士之旨也。"人生几何"发端，盖《传》所谓古之王者知寿命不长，故并建圣哲，以贻后嗣。次两引《青衿》《鹿鸣》二诗，一则求之不得，而沉吟忧思；一则求之既得，而笙簧酒醴。虽然，鸟则择木，木岂能择鸟？天下三分，士不北走，则南驰耳。分奔蜀、吴，栖皇未定。若非吐哺折节，何以来之？山不厌土，故能成其高；海不厌水，故能成其深；王者不厌士，故天下归心。说者不察，乃谓孟德禅夺已萌，而沉吟未决，畏人讥嫌。感岁月之如流，恐进退之失据。试问篇中《子衿》《鹿鸣》之诗，契阔、宴谈之语，当作何解？且孟德吐握求贤之日，犹王莽谦恭下士之初，岂肯直吐鄙怀，公言篡逆者乎？其谬甚矣！曹公苍茫，古直悲凉。其诗上继变雅，无篇不奇。但亮节慷慨，无烦笺释。

步出夏门行[①]·观沧海

东临碣石[②]，以观沧海。水何澹澹[③]，山岛竦峙[④]。树木丛生，百草丰茂。秋风萧瑟，洪波涌起。日月之行，若出其中；星汉[⑤]灿烂，若出其里。幸甚至哉，歌以咏志[⑥]。

选自中华书局点校本《乐府诗集》第三十七卷

【注释】

①步出夏门行：乐府曲名，属《相和歌·瑟调曲》。全曲共五部分：前七句为《艳》（序曲），下分《观沧海》《冬十月》《土不同》《龟虽寿》四章。夏门乃洛阳北面西头的城门，汉代称夏门，魏晋称大夏门。原调内容常是感叹人生无常，曹操则"借古

乐府写时事"。

②碣石：山名。有两说：一说即《汉书·地理志》载骊成县（今河北乐亭西南）的大碣石山，汉末时还在陆上，六朝时已沉到海下；一说即今河北省昌黎县的碣石山。

③澹澹：水波动荡貌。

④竦峙：竦同"耸"，高；峙，立。

⑤星汉：银河。

⑥幸甚至哉，歌以咏志：合乐时所加，与正文无关。

【汇评】

1. （清）王夫之《古诗评选》卷一：不言所悲，而充塞八极，无非愁者。孟德于乐府，殆欲踞第一位，唯此不易步耳。不知者但谓之霸心。

2. （清）陈祚明《采菽堂古诗选》卷五：浩漾动宕，涵于淡朴之中。

3. （清）沈德潜《古诗源》卷五：有吞吐宇宙气象。

4. （清）张玉穀《古诗赏析》卷八：此志在容纳，而以海自比。

步出夏门行·龟虽寿

神龟虽寿①，犹有竟②时。腾蛇③乘雾，终为土灰。老骥伏枥④，志在千里。烈士暮年，壮心不已。盈缩⑤之期，不但在天。养怡⑥之福，可得永年。幸甚至哉，歌以咏志。

选自中华书局点校本《乐府诗集》第三十七卷

【注释】

①神龟虽寿:古人认为龟是一种长寿动物,而神龟寿命尤长。《庄子·秋水》:"吾闻楚有神龟,死已三千岁矣。"

②竟:完,这里指死。

③腾蛇:神话传说中一种能够兴云驾雾的龙类。《韩非子·难势》:"飞龙乘云,腾蛇游雾,云罢雾霁,而龙蛇与螾蚁同矣,则失其所乘也。"

④枥:音历,马槽。

⑤盈缩:盈指满;缩指亏。这里指寿命之长短。

⑥养怡:指修养平淡冲和之气。

【汇评】

1.(清)王夫之《古诗评选》卷一:四篇皆题碣石,未有海语,自有海情。孟德乐府固卓荦惊人,而意抱渊永,动人以声不以言。

2.(清)陈祚明《采菽堂古诗选》卷五:名言!激昂千秋,使人慷慨。

又曰:孟德能于《三百篇》外独辟四言声调,故是绝唱。

3.(清)沈德潜《古诗源》卷五:曹公四言,于《三百篇》外,自开奇响。

4.(清)张玉榖《古诗赏析》卷八:此志在功成,当敛福永命也。

王粲诗·一首

王粲（177—217），字仲宣，山阳郡高平县（今山东邹城西南）人。少有才名。董卓劫持汉献帝迁长安，粲父王谦时任大将军何进的长史，故粲随父西迁。得遇蔡邕，并深为其赏识，赞曰："此王公孙也，有异才，吾不如也。"粲入关第二年，因骚乱往荆州依刘表，客居十六载，终难酬壮志。建安十三年（208），曹操征刘表。刘表病卒，其子刘琮不战而降。粲由是归曹操，并深得曹氏父子厚爱，赐爵关内侯，又任侍中。建安二十二年（217），粲随曹操南征孙权，卒于北返途中。

曹丕赞其"长于辞赋"。《典略》载："粲才既高，辩论应机。钟繇、王朗等虽各为魏卿相，至于朝廷奏议，皆阁笔不能措手。"谢灵运指出其诗歌内容主要是"遭乱流寓，自伤情多"。刘勰更许其为"七子之冠冕"。钟嵘溯源导流，认为："其源出于李陵。发愀怆之词，文秀而质羸。在曹、刘间，别构一体。方陈思不足，比魏文有余。"清方东树将王粲置于建安七子中比较，认为："建安七子，除陈思，其余略同，而仲宣为伟，局面阔大。"

《三国志·魏志》王粲本传记其著诗、赋、论、议近六十篇，《隋书·经籍志》录有《王粲集》十一卷，已佚。明张溥辑其遗文为《王侍中集》，今人俞绍初《建安七子集》有续补，录文近五十篇、诗二十五首，及部分佚句。

七哀①诗三首其一

西京②乱无象③，豺虎④方遘⑤患。复弃中国⑥去，委身适荆蛮⑦。亲戚对我悲，朋友相追攀。出门无所见，白骨蔽平原。路有饥妇人，抱子弃草间。顾闻号泣声，挥涕独不还。未知身死处，何能两相完？驱马弃之去，不忍听此言。南登霸陵岸，回首望长安。悟彼下泉⑧人，喟然伤心肝！

选自上海古籍出版社点校本《文选》第二十三卷

【注释】

①七哀：表示哀思之多。吴兢《乐府古题要解》："《七哀》起于汉末。"六臣注《文选》吕尚注"七哀"曰："谓痛而哀，义而哀，感而哀，怨而哀，耳目闻见而哀，叹而哀，鼻酸而哀也。"

②西京：指西汉首都长安，相对于东汉首都洛阳而言。

③乱无象：《左传·襄公九年》：晋侯问于士弱曰："吾闻之，宋灾，于是乎知有天道。何故？"……对曰："在道，国乱无象，不可知也。"乱无象在这里指混乱得不成样子，没有法度。

④豺虎：比喻董卓部将李傕、郭汜等人。初平三年（192）五月，李、郭等人合围长安。六月入城后烧杀抢掠，死者超万人。

⑤遘：音构，通"构"，构成。

⑥中国：指京城长安。《诗·大雅·民劳》："惠此中国，以绥四方。"

⑦荆蛮：指荆州。古代以中原为中心，四方之人均有专称，其中称南方的民族为蛮。荆州在南方，故称荆蛮。荆州当时尚无战乱，而当时的荆州刺史刘表曾从王粲的祖父王畅受学，与王氏是世交，故王粲去荆州投奔他。时年十七，然在荆州十六年，始终未得重用。

⑧下泉：《诗·曹风》篇名。《毛诗序》："《下泉》，思治也。曹人疾共公侵刻下民，不得其所，忧而思明王贤伯也。"此乃王粲有感于时乱而怀念盛世。

【汇评】

1.（清）王夫之《古诗评选》卷四：落笔刻，登音促，入手紧。后来杜陵有作，全以此为禘祖。

2.（清）吴淇《六朝选诗定论》卷六：出门以下，正云"乱无象"。兵乱之后，其可哀之事，写不胜写，但用"无所见"三字括之，则城郭人民之萧条，却已写尽。复于中单举妇人弃子而言之者，盖人当乱离之际，一切皆轻，最难割者骨肉，而慈母于幼子尤甚，写其重者，他可知矣。

3.（清）陈祚明《采菽堂古诗选》卷七：乱世之苦，言之真切。"委身"字可悲。

又曰：闻泣不能不顾，顾而终不能还，情哀至此。

4.（清）何焯《义门读书记》卷四十六："路有饥妇人"六句，杜诗宗祖。

又:"驱马弃之去"六句,欲弃去而复顾念京师,然安得明王贤伯一拯此患乎。

5.(清)沈德潜《古诗源》卷六:此杜少陵《无家别》《垂老别》诸篇之祖也。

6.(清)张玉縠《古诗赏析》卷九:题借七哀,勿庸拘泥。首六,直就世乱说起,追叙避地荆州出门情事。"出门"十句,叙在途饥荒之景。然胪陈不尽,独就妇人弃子一事,备极形容,而其他之各不相顾,塞路死亡,不言自显。作诗解此举重该轻之法,庶几用笔玲珑。末四,南登回首,兜应首段;伤心下泉,缴醒中段。收束完密,全篇振动。

7.(清)方东树《昭昧詹言》卷二:仲宣《七哀》,首篇起六句,点题交代耳。而叙事高迈,沉雄阔大,气象体势,骞举清恻。"出门"以下,又以中道所见言之。情词酸楚,直书所见,至不忍闻。《小雅》伤乱,同此惨酷。"南登霸陵岸"二句思治。以下转换振起,沉痛悲凉,寄哀终古。其莽苍同武帝,而精融过之。其才气喷薄,似犹胜子建。感愤而作,气激于中,而横发于外,唯杜公有之。

刘桢诗·一首

刘桢（186—217），字公幹，东平宁阳（今山东宁阳县泗店镇古城村）人。建安年间，刘桢被曹操召为丞相掾属。建安七子之一，与曹植并举，称"曹刘"；与王粲合称"刘王"。擅五言诗，曹丕称赞说："其五言诗之善者，妙绝时人。"（《又与吴质书》）作品气势激宕，刚劲挺拔，不假雕琢而格调颇高。

《隋书·经籍志》著录有集四卷，《毛诗义问》十卷，皆佚。明张溥辑有《刘公幹集》。

赠从弟①三首其二

亭亭②山上松，瑟瑟③谷中风。风声一何盛，松枝一何劲④。冰霜正惨凄，终岁常端正。岂不罹⑤凝寒⑥，松柏有本性⑦。

选自汉魏六朝百三家集本《刘公幹集》

【注释】

①从弟：堂弟。

②亭亭：高耸直立貌。

③瑟瑟：形容风声或其他轻微的声音。

④劲：音净，坚强有力。

⑤罹：遭受。

⑥凝寒：严寒。

⑦松柏有本性：《论语·子罕》："岁寒，然后知松柏之后凋也。"这句是以松柏为喻，勉励从弟坚贞自守，保持本性。

【汇评】

1.（宋）张戒《岁寒堂诗话》卷上：苏、李、曹、刘、陶、阮本不期于咏物，而咏物之工，卓然天成。

2.（清）陈祚明《采菽堂古诗选》卷七：三章皆比，言简意尽。此从弟必是隐居不出者，惜其名不传。

3.（清）何焯《义门读书记》卷四十六：此教以修身俟时。

4.（清）沈德潜《古诗源》卷六：赠人之作，通用比体，亦是一格。

5.（清）张玉榖《古诗赏析》卷九：三章纯乎用比，其体本于《国风》。

曹丕诗·一首

曹丕（187—226），字子桓，曹操次子。自幼文武双全，博通经传及诸子百家。曾官五官中郎将。建安二十五年（220），曹操病逝，曹丕继任丞相、魏王。同年，受禅登基，即帝位，建立魏国。曹丕在位期间，采纳吏部尚书陈群之谏，选官方面实施九品中正制，影响了魏晋南北朝四百多年。又内平青州、徐州，最终统一北方。外退鲜卑，和好匈奴、氐、羌等外夷，恢复在西域的建置。黄初七年（226），曹丕病逝于洛阳。加谥号文帝，庙号高祖。

曹丕于诗、赋皆有成就，尤擅于五言诗。其诗形式多样，语言平易清新，尤以描写男女爱情和离思别情的作品较著名。与其父曹操和弟曹植，并称"建安三曹"。今存《魏文帝集》辑本二卷。此外，其所著《典论·论文》，可谓中国文学批评史上第一篇有系统的文学批评专论作品。其中提出的"文以气为主""四科八体"等观点，深刻影响了后人的创作和批评。

燕歌行二首其一

秋风萧瑟天气凉,草木摇落露为霜①,群燕辞归雁南翔。念君客游思断肠,慊慊②思归恋故乡,何为淹留寄他方?贱妾茕茕守空房,忧来思君不敢忘,不觉泪下沾衣裳。援琴鸣弦发清商,短歌微吟不能长③。明月皎皎照我床,星汉西流夜未央④。牵牛织女遥相望,尔独何辜⑤限河梁?

选自上海古籍出版社点校本《文选》第二十七卷

【注释】

①"秋风"二句:从宋玉《九辩》"悲哉!秋之为气也,萧瑟兮草木摇落而变衰"化出。

②慊慊:慊音欠,空虚、不满之感。

③短歌微吟不能长:吴淇《六朝选诗定论》:"(清商)其节极短促,其音极纤微。长讴曼咏,不能逐焉。故云('不能长')。"

④夜未央:夜未尽。《诗·小雅·庭燎》:"夜如何其?夜未央。"

⑤辜:罪。

【汇评】

1.(明)许学夷《诗源辩体》卷四:子桓乐府七言《燕歌行》,用韵祖于《柏梁》,较之《四愁》,则体渐敷叙,语多显直,识见作用之迹。此七言之初变也。

2.(清)王夫之《姜斋诗话》:倾情倾度,倾色倾声,古今无两。从"明月皎皎"入第七解,一径酣适。殆天授,非人力(按,此条亦见王夫之《古诗评选》卷一)。

3.(清)吴淇《六朝选诗定论》卷五:风调极其苍凉,百十二字,首尾一笔不断,中间却具千曲百折,真杰构也。

4.(清)陈祚明《采菽堂古诗选》卷五:此七言一句一韵体,又与《柏梁》不同。《柏梁》一句一意,此连绪相承。后人作七古,句句用韵,须仿此法。盖句句用韵者,其情掩抑低徊,中肠摧切,故不及为激昂奔放之调,即篇中所谓"短歌微吟不能长"也。故此体之语,须柔脆徘徊,声欲止而情自流,绪相寻而言若绝。后人仿此体多不能佳,往往以粗直语杂于其间,失靡靡之态也。

5.(清)何焯《义门读书记》卷四十七:秋风之变,七言之祖。

6.(清)沈德潜《古诗源》卷五:和柔巽顺之意,读之油然相感。节奏之妙,不可思议。句句用韵,掩抑徘徊,"短歌微吟不能长",恰似自言其诗。

7.(清)张玉榖《古诗赏析》卷八:此仿《柏梁》句句用韵,而一气卷舒者,创体也。今人遇此体,概曰"柏梁",岂知《柏梁》乃联句,文气不贯乎?

曹植诗·八首

曹植（192—232），字子建，曹操第四子，曹丕同母弟。封陈王，谥曰思，故后人称为陈思王。曹植幼赋才华，十岁诵《诗》《论语》及辞赋数十万言。因善属文，故深为曹操所赏。然为人任性，不假雕饰，饮酒不节，故在与曹丕争立储君的斗争中失败。曹操死后，曹丕、曹叡相继称帝，曹植备受猜忌打压，郁郁而死。

其文学创作以曹操之死为界线分为前、后两期。前期多书写建功立业的伟大抱负，以及贵公子的豪逸生活；后期则因受打压，故无奈愤懑与忧生意识充盈笔端。刘勰评价三曹说："魏武以相王之尊，雅爱诗章；文帝以副君之重，妙善辞赋；陈思以公子之豪，下笔琳琅；并体貌英逸，故俊才云蒸。"钟嵘赞曹植曰："骨气奇高，词彩华茂，情兼雅怨，体被文质，粲溢今古，卓尔不群。"宋谢灵运更激情地评价道："天下才有一石，曹子建独占八斗。"曹植对五言诗的发展做出了重要贡献。此外，其辞赋创作也很出色，如《洛神赋》，传诵千古。

《三国志·魏志》本传记曹叡曾下诏收集曹植所著赋、颂、诗、铭、杂论等凡百余篇。《隋书·经籍志》著录"魏陈思王曹植集三十卷",另有《列女传颂》一卷,《画赞》五卷,均佚。今存《曹子建集》乃宋人所编。清丁晏有《曹集诠评》、朱绪曾有《曹集考异》,为较好的通行本。近人黄节有《曹子建诗注》,赵幼文有《曹植集校注》。

野田黄雀行[①]

高树多悲风[②],海水扬其波[③]。利剑不在掌,结友何须多?不见篱间雀,见鹞自投罗。罗家[④]得雀喜,少年见雀悲。拔剑捎[⑤]罗网,黄雀得飞飞。飞飞摩[⑥]苍天,来下谢少年。

选自黄节撰、叶菊生校订《曹子建诗注》卷二

【注释】

①野田黄雀行:此为曹植写的新题乐府,属《相和歌·瑟调曲》。黄节《曹子建诗注》:"(曹)植为此篇,当在收(丁)仪付狱之前,深望(夏侯)尚之能救仪,如少年之救雀也。"曹丕即位后,开始铲除异己。杀曹植好友丁仪、丁廙等人。曹植此诗当作于此时。

②悲风:悲伤的风。人心悲故风亦悲。

③海水扬其波:比喻世事不平静,如海水扬波。

④罗家:设罗网之人。

⑤捎:割。

⑥摩:触及。

【汇评】

1.（元）刘履《选诗补注》卷二：建安之间朝廷衰乱，而群雄竞起，天下贤才往往失身自陷，不获遂其所志。思王于此时欲收纳以为己辅，惜乎有所扼腕，而权力不足以拯拔之，故作此以自见。观其词气纵逸，几失古雅遗韵。稽之性情，颇有任侠之偏，本非可取。然其间亦有感动人者，故特存之而并著其说，以为学诗者之鉴。

2.（明）钟惺、谭元春《古诗归》卷七：储光羲《野田黄雀》以外数首皆出于此。无君子心肠，无仙佛行径，无少年意气，而长于风雅者，未之有也。

3.（明）胡应麟《诗薮·内编》卷一：思王《野田黄雀行》，坦之云："词气纵逸，渐远汉人。"昌穀亦云："锥处囊中，锋颖太露。"二君皆自卓识，然此诗实仿《翩翩堂前燕》，非《十九首》调也。第汉诗如炉冶铸成，浑融无迹。魏诗虽极步骤，不免巧匠雕镌耳。

4.（明）梅鼎祚《古乐苑》卷二十：其辞意言重友义，而救其急难。以雀见鹞投罗为喻，若萧毅止咏雀而已。汉铙歌曲亦有《黄雀行》，不知与此同否。《谈艺录》曰："气本尚壮，亦忌锐逸。魏祖云：'老骥伏枥，志在千里。烈士暮年，壮心不已。'犹暧暧也。陈王《野田黄雀行》譬如锥出囊中，大索露矣。"

5.（清）王夫之《古诗评选》卷一："罗家得雀喜"二语，偷势设色，尤妙在平叙中入转。一结悠然，如春风之微歇。子建乐府见于集者四十三篇，所可读者此二首耳。余皆累垂郎当，如蠹桃苦李，繁然满枝，虽朵颐人，食指不能为之一动。

6.（清）陈祚明《采菽堂古诗选》卷六：此应自比黄雀，望援于人，语悲而调爽。或亦有感于亲友之蒙难，心伤莫救。

7.（清）沈德潜《古诗源》卷五：是游侠，亦是仁人，语悲而音爽。

8.（清）张玉榖《古诗赏析》卷九：此叹权势不属，有负知交望救之诗。首四，以树高多风，海大扬波，比起有权势之易于为力，即折到既无权势，空说结交之羞，点醒作意。而无权势只借剑不在掌作隐语，露而不露。"不见"六句反顶"利剑"句，将少年救雀，指出锄强扶弱作用，文势展拓。末二，以雀知感谢，为人必知恩写影，而己之不能如此，更不缴明，最为超脱。

9.（清）朱乾《乐府正义》卷十二：自悲友朋在难，无力援救而作。犹前诗（《箜篌引》）"久要不可忘"四句意也。前以望诸人，此以责己也。风波以喻险患，利剑以喻济难之权。

白马篇

白马饰金羁①，连翩西北驰。借问谁家子，幽并②游侠儿。少小去③乡邑，扬声沙漠垂。宿昔④秉良弓，楛矢⑤何参差。控弦破左的⑥，右发摧月支⑦。仰手接飞猱⑧，俯身散马蹄⑨。狡捷过猴猿，勇剽若豹螭⑩。边城多警急，虏骑数迁移。羽檄⑪从北来，厉马⑫登高堤。长驱蹈匈奴，左顾凌鲜卑。弃身锋刃端，性命安可怀⑬？父母且不顾，何言子与妻！名在壮士籍⑭，不得中⑮顾私。捐躯赴国难，视死忽如归！

选自黄节撰、叶菊生校订《曹子建诗注》卷二

【注释】

①羁：马笼头。

②幽并：古幽州、并州。汉时此二州辖区在今河北、内蒙古、山西和陕西部分地区。

③去：离开。

④宿昔：向来，长久。

⑤楛矢：楛音护，一种树；楛矢是用楛木做杆的箭。

⑥的：箭靶。

⑦月支：一种箭靶之名。

⑧仰手接飞猱：接，《文选》李善注："凡物飞，迎前射之曰接。"猱是一种猿类。此句形容箭术高超，能够仰面迎射飞面而来的小猱。

⑨俯身散马蹄：此句还是形容箭术高超。散，是射碎；马蹄，是一种箭靶名。

⑩螭：传说中一种形状如龙的黄色猛兽。

⑪羽檄：古代军中紧急的文书。古时候征兵、征召等的文书，上插鸟羽以示紧急，必须迅速传递。《史记·卢绾传》："陈豨反，邯郸以北皆豨有，吾以羽檄征天下兵，未有至者，今唯独邯郸中兵耳。"

⑫厉马：扬鞭策马。

⑬怀：爱惜，顾及。

⑭籍：花名册。

⑮中：心中。

【汇评】

1.（唐）李善《文选注》卷二十七：言人当立功、立事，尽力为国，不可念私。

2.（宋）郭茂倩《乐府诗集》卷六十三：见乘白马而为此曲。言人当立功立事，尽力为国，不可念私也。

3.（明）胡应麟《诗薮·内篇》卷二：子建《名都》《白马》《美女》诸篇，辞极赡丽，然句颇尚工，语多致饰，视东、西京乐府天然古质，殊自不同。

4.（清）陈祚明《采菽堂古诗选》卷六："参差"，字活。"左的""右发"，变宕不板。"仰手""俯身"，状貌生动如睹，而"俯身"句尤佳。"散马蹄"，"散"字活甚，有声有势，历乱而去，而马上人身容飘忽，轻捷可知。缀词序景，须于此等字法尽心体究，方不重滞。"弃身"以下，慷慨激昂。

5.（清）何焯《义门读书记》卷四十七：此即所谓"闲居非吾志，甘心赴国忧"者也。

6.（清）沈德潜《古诗源》卷五：白马者，言人当立功为国，不可念私也。

7.（清）张玉穀《古诗赏析》卷九：此首赋体，旧解亦可从。篇主立功北地。

8.（清）方东树《昭昧詹言》卷二：此篇奇警。后来杜公（按指杜甫）《出塞》诸什，实脱胎于此。明远（按指鲍照）《代出自蓟北门行》《结客少年场》《幽并重骑射》皆模此，而实出自屈子《九歌·国殇》也。

9.（清）朱乾《乐府正义》卷十二：此寓意于幽并游侠，实自况也。子建《自试表》云：昔从武皇帝，南极赤岸，东临沧海，西望玉门，北出玄塞，伏见所以用兵之势，可谓神妙。而志在擒权馘亮，虽身分蜀境，首悬吴阙，犹生之年。篇中所云"捐躯赴难，视死如归"，亦子建素志，非泛述矣。

美女篇

美女妖且闲①,采桑歧路间。柔条纷冉冉②,落叶何翩翩。攘袖见素手,皓腕约③金环。头上金爵钗④,腰佩翠琅玕⑤。明珠交玉体,珊瑚间木难⑥。罗衣何飘飘,轻裾随风还。顾盼遗光彩,长啸气若兰。行徒⑦用息驾⑧,休者以忘餐。借问女安居,乃在城南端。青楼⑨临大路,高门结重关。容华耀朝日,谁不希令颜⑩?媒氏何所营?玉帛不时安⑪。佳人慕高义⑫,求贤良独难。众人徒嗷嗷⑬,安知彼所观?盛年处房室,中夜起长叹。

选自黄节撰、叶菊生校订《曹子建诗注》卷二

【注释】

①闲:同"娴",文雅,娴静。

②冉冉:摆动貌。

③约:束。

④爵钗:爵同"雀",爵钗指雀形头钗。

⑤琅玕:似玉之石。张衡《四愁诗》:"美人赠我金琅玕,何以报之双玉盘。"

⑥木难:木一作"玉",木难是古大秦国(古罗马帝国)所产的一种碧色宝珠,相传为金翅雀唾沫所成。

⑦行徒:行路之人。

⑧息驾:停车。

⑨青楼:涂饰青漆的楼房,古为帝王所居,或豪贵之家。汉魏六朝诗中常用以指女子居住的地方,后则用以专称妓院。

⑩令颜:美好的容颜。

⑪玉帛不时安：玉帛指古代订婚行聘所用之圭璋和束帛；不时安指没有及时安置。

⑫高义：行为高尚而有义气。《史记·魏公子传》："以公子之高义，为能急人之困。"

⑬嗷嗷：形容众口喧杂声。《汉书·楚元王刘交传》："无罪无辜，谗口嗷嗷。"

【汇评】

1.（宋）郭茂倩《乐府诗集》卷六十三：美女者，以喻君子。言君子有美行，愿得贤君而事之。若不遇时，虽见征求，终不屈也。

2.（元）刘履《选诗补注》卷二：《美女篇》，比也。……子建志在辅君匡济，策功垂名，乃不克遂，虽授爵封而其心犹为不仕，故托处女以寓怨慕之情焉。其言妖闲皓素，以喻才质之美；服饰珍丽，以比己德之盛。至于文采外著，芳誉日流，而为众希慕如此。况谓居青楼高门，近城南而临大路，则非疏远而难知者，何为见弃，不以时而币聘之乎？其实为君所忌不得亲用。……夫盛年不嫁，将恐失时，故唯中夜长叹而已。

3.（清）叶燮《原诗·外篇下》：《美女篇》意致幽眇，含蓄隽永，音节韵度皆有天然姿态，层层摇曳而出，使人不可仿佛端倪，固是空千古绝作。

4.（清）陈祚明《采菽堂古诗选》卷六：此篇佳处在"容华耀朝日"以下，低徊有情。罗衣飘飖数句，亦复生动，华腴无俟言。

5.（清）沈德潜《古诗源》卷五：美女者，以喻君子。言君子有美行，愿得贤君而事之。若不遇时，虽见征求，终不屈也。

又曰：写美女如见君子品节，此不专以华缛胜人。

6.（清）张玉榖《古诗赏析》卷九：此诗比体，旧解可从。

7.（清）王尧衢《古唐诗合解》卷三：子建求自试而不见用，如美女之不见售，故以为比。

七哀

明月照高楼，流光正徘徊。上有愁思妇，悲叹有余哀。借问叹者谁，言是客子①妻。君行逾十年，孤妾常独栖。君若清路尘，妾若浊水泥。浮沉各异势，会合何时谐？愿为西南风，长逝②入君怀。君怀良③不开，贱妾当何依？

选自黄节撰、叶菊生校订《曹子建诗注》卷一

【注释】

①客子：客，《文选》五臣作"宕"。宕，同"荡"。客子、荡子同义，即客居他乡、久行不归之人。《古诗十九首·青青河畔草》："昔为倡家女，今为荡子妇。"

②长逝：远去。

③良：甚、确。

【汇评】

1.（宋）张戒《岁寒堂诗话》卷上：子建"明月照高楼，流光正徘徊"，本以言妇人清夜独居愁思之切，非以咏月也；而后人咏月之句，虽极其工巧，终莫能及。

2.（元）刘履《选诗补注》卷二：子建与文帝同母骨肉，今乃浮沉异势，不相亲与，故特以孤妾自喻。

3.（明）许学夷《诗源辩体》卷三：汉魏五言，为情而造文，故其体委婉而情深。颜谢五言，为文而造意，故其语雕刻而意冗。吕氏《童蒙训》云："读《古诗十九首》及曹子建诸诗，如'明月照积雪，流光正徘徊'之类，皆思深远而有余意，言有尽而意无穷，学者当以此等诗常自涵养，自然下笔高妙。"吕氏之所谓意，即予之所谓情也。

4.（清）王夫之《古诗评选》卷四：情乍近而终远，词在苦而如甘。"入室"之誉，以此当之，庶几无愧。……"明月照高楼，流光正徘徊"，可谓物外传心，空中造色。结语居然在人意中而如从天陨，匪可识寻，当由智得。

5.（清）何焯《义门读书记》卷四十六：情有七而偏主于哀。唯其所遭之穷也。

6.（清）沈德潜《古诗源》卷五：此种大抵思君之辞。绝无华饰，性情结撰，其品最工。

杂诗[①]其一

高台多悲风，朝日照北林[②]。之子[③]在万里，江湖迥且深。方舟[④]安可极[⑤]？离思故难任[⑥]。孤雁飞南游，过庭长哀吟。翘思慕远人，愿欲托遗音[⑦]。形影忽不见，翩翩伤我心。

选自黄节撰、叶菊生校订《曹子建诗注》卷一

【注释】

①杂诗：用"杂诗"作诗题最初见于《文选》所选汉魏人诗。这些诗原本有题目，但流传过程中失佚，选诗之人便统称

"杂诗"。曹植作有七首杂诗。

②北林：《诗·秦风·晨风》："鴥彼晨风，郁彼北林。未见君子，忧心钦钦。"此处诗人用北林来衬托怀人之情。

③之子：那个人。即所怀念之人。

④方舟：方是并的意思，方舟是把两只船并起来。

⑤极：至，到达。

⑥任：承担。

⑦遗音：寄个音信。

【汇评】

1.（元）刘履《选诗补注》卷二：子建远处藩邦，兄弟乖隔，而情念不得以通，故赋此诗。言"高台悲风""朝日北林"，以比朝廷气象阴惨，远君子而近小人也。由小人之逸蔽日深，故兄弟之乖离日远，如江湖万查，方舟安可极乎？夫既失爱于兄，而常责躬自博，正犹孤罹之失群而哀鸣也。故因其过庭，欲就托遗音以达之于彼，庶其能感悟焉。而形影忽已不见，则使我心翩翩不定，而至于忧伤也。

2.（清）吴淇《六朝选诗定论》：首章清丽悲淡，令人读之眩然心邈。此即《骚》之《思美人》也。首二句喻君门之远。"之子"即美人。《高台》望美人之处也。此处只有悲风，不见朝日。盖朝日只照北林，不照此高台也。"孤雁"六句，全从原词"因归鸟而致辞兮，羌迅高而难托"之词意脱化而出，以喻下情之难达也。

3.（清）陈祚明《采菽堂古诗选》卷六：此章似是怀白马王，"离思故难任"，顿成名句。

4.（清）沈德潜《古诗源》卷五：陈思最工起调，如"高台多悲风""转蓬离本根"之类是也。

5.（清）张玉榖《古诗赏析》卷九：此首隐言君听不聪，己终恋主，可作诸首之冒。

杂诗其二

仆夫①早严驾②，吾行将远游。远游欲何之？吴国为我仇。将骋万里途，东路③安足由？江介④多悲风，淮泗⑤驰急流。愿欲一轻济，惜哉无方舟。闲居非吾志，甘心赴国忧。

选自黄节撰、叶菊生校订《曹子建诗注》卷一

【注释】

①仆夫：赶车之人。

②严驾：严这里作为动词，严驾指的是备车驾马。

③东路：黄节注曰："植于黄初四年徙封雍丘，来朝洛阳，欲从征孙权，不愿东归，故曰'东路安足由'也。"据此可知曹植此诗与《赠白马王彪》作于同时。

④江介：江间、江上。

⑤淮泗：淮水和泗水。淮泗是征伐东吴的必经之地。

【汇评】

1.（清）沈德潜《古诗源》卷五：即《自试表》中意。

2.（清）张玉榖《古诗赏析》卷九：此首直赋用世之志，可括《求自试表》一篇，所谓怀忠而不宜见忌者此也。收束诸章，允称后劲。

远游①篇

远游临四海,俯仰观洪波。大鱼若曲陵②,乘浪相经过。灵鳌戴方丈③,神岳④俨嵯峨。仙人翔其隅,玉女戏其阿⑤。琼蕊⑥可疗饥,仰首吸朝霞。昆仑本吾宅,中州⑦非我家。将归谒东父⑧,一举超流沙⑨。鼓翼舞时风,长啸激清歌。金石固易敝⑩,日月同光华。齐年与天地⑪,方乘安足多⑫。

选自黄节撰、叶菊生校订《曹子建诗注》卷二

【注释】

①远游:《远游》是《楚辞》篇名,传为屈原所作。曹植此诗写的是游仙,与郭璞的"游仙诗"可对读。

②曲陵:山陵曲处。

③方丈:海上神山方壶。《列子·汤问》:"渤海之东,不知几亿万里有大壑焉,实惟无底之谷……其中有五山焉:一曰岱舆,二曰员峤,三曰方壶,四曰瀛州,五曰蓬莱。……五山之根无所连箸,常随潮波上下往还,不得暂峙焉。仙圣毒之,诉之于帝。帝恐流于西极,失群圣之居,乃命禹彊,使巨鳌十五,举首而戴之。"

④神岳:指上所言方丈。

⑤阿:山之凹曲处。

⑥琼蕊:琼指美玉。传说中仙人以玉屑为食。

⑦中州:指中国,即中原地区,为凡人所居处。

⑧东父:即东王公。也称东华帝君。领导男仙,常与领导女仙的西王母并称。事见《神异经·东荒经》。

⑨流沙:指西北沙漠地带。《尚书·禹贡》:"东渐于海,西

被于流沙。"

⑩金石固易敝：金石虽然坚固但也有毁坏的时候。

⑪齐年与天地：《楚辞·九章·涉江》："登昆仑兮食玉英，与天地兮比寿，与日月兮齐光。"

⑫多：称美。

【汇评】

1. (清)方东树《昭昧詹言》卷二：气体宏放，高妙恢阔胜景纯（按郭璞字）。景纯警妙，而局面阔大不及此。大约陈思才大学富，力厚思周，每有一篇，如周公制作，不可更易，非如他家以小慧单美取悦耳目也。

赠白马王彪①并序

黄初四年五月，白马王、任城王②与余俱朝京师，会节气③。到洛阳，任城王薨④。至七月，与白马王还国⑤。后有司⑥以二王归藩⑦，道路宜异宿止⑧。意毒恨之⑨。盖以大别⑩在数日，是用自剖，与王辞焉。愤而成篇。

谒帝承明庐⑪，逝将归旧疆⑫。清晨发皇邑，日夕过首阳⑬。伊洛⑭广且深，欲济川无梁。泛舟越洪涛，怨彼东路⑮长。顾瞻恋城阙，引领⑯情内伤。

太谷⑰何寥廓，山树郁苍苍。霖雨泥我涂，流潦浩纵横⑱。中逵⑲绝无轨，改辙登高冈。修坂造云日⑳，我马玄以黄㉑。

玄黄犹能进，我思郁以纡㉒。郁纡将何念，亲爱在离居。本

97

图相与偕，中更不克俱。鸱枭[23]鸣衡轭[24]，豺狼当路衢。苍蝇间白黑[25]，谗巧令亲疏。欲还绝无蹊，揽辔止踟蹰。

踟蹰亦可留？相思无终极。秋风发微凉，寒蝉鸣我侧。原野何萧条，白日忽西匿。归鸟赴乔林[26]，翩翩厉[27]羽翼。孤兽走索群，衔草不遑[28]食。感物伤我怀，抚心长太息。

太息将何为，天命与我违。奈何念同生，一往形不归。孤魂翔故域，灵柩寄京师。存者忽复过，亡殁身自衰[29]。人生处一世，去若朝露晞[30]。年在桑榆[31]间，景响[32]不能追。自顾非金石，咄唶[33]令心悲。

心悲动我神，弃置莫复陈。丈夫志四海，万里犹比邻。恩爱苟不亏，在远分[34]日亲。何必同衾帱[35]，然后展殷勤。忧思成疾疢[36]，无乃儿女仁。仓卒骨肉情，能不怀苦辛？

苦辛何虑思？天命信可疑。虚无求列仙，松子[37]久吾欺。变故在斯须，百年谁能持？离别永无会，执手将何时？王其爱玉体，俱享黄发[38]期。收泪即长路，援笔从此辞。

选自黄节撰、叶菊生校订《曹子建诗注》卷二

【注释】

①赠白马王彪：李善《文选注》载："《集》（按《曹子建集》）曰：'于圈城（圈音卷，四声，按，即鄄城，曹植的封地）作。'"后人据诗前序文改为今题。

②白马王、任城王：白马王指曹彪，曹植的异母弟。白马，在今河南省滑县东。任城王指曹彰，曹植的同母兄。任城，今山东省济宁市。

③会节气：参加迎气之礼而朝会。魏有朝四节的制度，是

年立秋日为六月二十四,依旧制要在此前十八天举行迎气的仪式,故曹植等人在五月赶到京师。

④任城王薨:据刘义庆《世说新语·尤悔》载:"魏文帝忌弟任城王骁壮,因在卞太后阁围棋,并啖枣,文帝以毒置诸枣蒂中,自选可食者而进。王弗悟,遂杂进之。既中毒,太后索水救之。帝预敕左右毁瓶罐,太后徒跣趋井,无以汲。须臾,遂卒。复欲害东阿,太后曰:'汝已杀我任城,不得复杀我东阿!'"

⑤国:诸王的封国、封地。

⑥有司:司管该项事务的官吏。曹丕为了监察诸侯以及传达诏令,特设立监国使者一职,常驻各诸侯藩国。

⑦藩:藩国,诸侯王的封地。

⑧异宿止:行途中住宿休息的地方必须分开,不能在一起。言下之意,即必须分开走。

⑨意毒恨之:意指心中;毒恨指痛恨。曹植此时的封地鄄城与曹彪的封地白马同在兖州东部,本可以同路归去,但却被要求"异宿止",故心内痛恨之。

⑩大别:永别。曹丕执掌魏国后,对诸侯王心存猜忌,故强制诸兄弟出居藩国,且规定彼此之间不能相互通信、往来。魏明帝曹叡继位后,曹植曾向曹叡进呈《求通亲亲表》,里面亦言:"近且婚媾不通,兄弟永绝;吉凶之问塞,庆吊之礼废;恩纪之违,甚于路人,隔阂之异,殊于胡、越。"此诗末章"离别永无会,执手将何时"表达的也是这"大别"的意思。

⑪承明庐:文帝朝见群臣之宫殿。《三国志·魏志·文帝纪》裴松之注曰:"是时帝居北宫,以建始殿朝群臣,门曰承明,陈思王植诗曰'谒帝承明庐'是也。"

⑫旧疆：即封地，此指鄄城。

⑬首阳：山名，在洛阳东北二十里，曹植返归鄄城所经之地。

⑭伊洛：两水名。伊水源出河南省栾川县伏牛山北麓，至偃师县入洛水；洛水源出陕西省华山南麓，经河南省巩义入黄河。

⑮东路：鄄城在洛阳东面，故称回鄄城之路为东路。

⑯引领：伸长脖颈。形容离开洛阳的依恋之情。

⑰太谷：山谷名。旧称通谷，在洛阳东南五十里。

⑱霖雨泥我涂，流潦浩纵横：三日以上的雨为霖；泥，四声，阻滞；大雨涨水曰潦（音老）。这两句是说大雨、涨水耽搁了我的行程。

⑲逵：音葵，通达之路。

⑳修坂造云日：修，长；坂，斜坡；造，至；造云日形容很高。

㉑我马玄以黄：出《诗·周南·卷耳》："陟彼高冈，我马玄黄。"毛传：玄马病则黄。此处形容诗人行途之艰难。

㉒纡：心之郁结曰纡。

㉓鸱枭：音痴宵，猫头鹰。古人认为听到它的叫声为不详，故以其为恶鸟，故此处用以比喻阴险凶恶的小人。

㉔衡轭：衡指车辕前端横木；轭指衡两旁下面用以扼住马颈的曲木。黄节注曰："《后汉书·舆服志》曰：'乘舆龙首衔轭，鸾雀立衡。'诗言'鸱枭鸣衡轭'，谓不祥之鸟近在乘舆，喻君侧之多恶人也。"

㉕苍蝇间白黑：《诗·小雅·青蝇》："营营青蝇，止于樊。"郑玄笺曰："蝇之为虫，汙白使黑，汙黑使白，喻佞人变乱善恶也。"此处比喻小人颠倒黑白。

㉖乔林：乔木之林。

㉗厉：奋，振动。

㉘不遑：不暇。

㉙存者忽复过，亡殁身自衰：元刘履《选诗补注》认为"存者"与"亡殁"应互换，意谓死者已矣，存者亦难久保。黄节注则曰："'存者'，谓己与白马（王）也。'忽复过'，谓须臾与任城（王）同一往耳。……'亡殁身自衰'句，倒文，谓身由衰而殁耳，指存者也。"相较而言，刘履之说较合理。

㉚人生处一世，去若朝露晞：参曹操《短歌行》"譬如朝露"注。

㉛桑榆：二星名。《文选》李善注曰："日在桑榆，以喻人之将老。"

㉜景响：景同"影"。影指日光；响指声音。

㉝咄唶：音多介，惊叹声。

㉞分：音份，情分。

㉟衾帱：衾指被子；帱指床帐。刘履释此处乃用东汉姜肱与弟弟仲海、季江友爱，常同被而眠的典故。后杜甫亦有"醉眠秋共被，携手日同行"之诗（《与李十二白同寻范十隐居》）。

㊱疢：音趁，热病。

㊲松子：即赤松子。传说中的仙人。《汉书·张良传》载："张良曰：'愿弃人间事，从赤松子游耳。'"颜师古注曰："赤松子，仙人号也。神农时为雨师。"

㊳黄发：代指老人。人老发色变黄，故称黄发。

【汇评】

1.（宋）刘克庄《后村诗话》卷一：于时诸王凛凛不自保，

子建此诗忧伤慷慨，有不可胜言之悲。诗中所谓"苍蝇间白黑，谗巧令亲疏"，盖为灌均辈发，终无怨兄之意。处人伦之变者，当以为法。

2.（明）王世贞《艺苑卮言》卷三：吾每至"谒帝"一章便数十过不可了，悲婉宏壮，情事理境，无所不有。

3.（明）许学夷《诗源辩体》卷四：子建《赠白马王》诗，体既端庄，语复雅炼，尽见作者之功，少时读之，了不知其妙也。元美极称之，谓"悲婉宏壮，情事理境，无所不有"。

4.（明）陆时雍《古诗镜》卷五：忧虞之感、离别之情见之骨肉，此中最多隐衷惋绪。今读其诗，犹觉慷慨之气胜于绸缪，披衷展愫，一豁所意，不假丝毫缘饰而成，谓之宗匠以此。

5.（清）陈祚明《采菽堂古诗选》卷六：至性缠绵，绝无组饰，而曲折动宕，置之《三百篇》中，谁曰不宜？

6.（清）何焯《义门读书记》卷四十六：《小雅》嗣音。五言可与此篇匹敌者，其昭姬《悲愤》乎？

7.（清）张玉穀《古诗赏析》卷八：连章诗，通长观之，原是一章，须将正意、旁意、总意以及领挈、过峡、开拓诸意相间成章，方无复沓渗漏之弊。如此题与白马王生离，正意也。与任城王死别，旁意也。以死别醒生离，总意也。作者以此三意，位置第二章、第四章、第六章，而以领挈、过峡、开拓三意虚实相间出之，谋篇最为尽善。

8.（清）方东树《昭昧詹言》卷二：此诗气体高峻雄浑，直书见事，直书目前，直书胸臆，沉郁顿挫，淋漓悲壮。与以上诸篇空论泛咏者不同，遂开杜公之宗。

阮籍诗·三首

阮籍（210—263），字嗣宗，陈留尉氏（今河南尉氏）人。建安七子之一阮瑀之子，竹林七贤之一。曾任步兵校尉，故世称"阮步兵"。

魏晋易代之际，仕途险恶，名士能保全天命，实属难得。阮籍一生崇奉老庄之学，是著名的玄学家。他痛恨时政，但又无力反抗，故只能采取谨慎避祸的态度，以纵酒放荡求得自全。其一生所作《咏怀诗》为了避免政治迫害，多用比兴、寄托、象征、借古讽今、借景抒情等手法，使得诗歌呈现出晦涩难解的特点。钟嵘评价说："厥旨渊放，归趣难求。"

阮籍是"正始之音"的代表，其创作对五言诗的发展起到了重大作用，《咏怀诗八十二首》开后代左思《咏史》、陶渊明《饮酒》等组诗的先河。其散文多论辩之作，寄托其哲学思想，代表如《大人先生传》《通老论》《达庄论》《通易论》等。

明张溥辑有《阮步兵集》。今比较通行的阮籍诗歌笺释本有黄节注、华忱之校订《阮步兵咏怀诗注》（人民文学出版社黄节注《汉魏六朝诗六种》)、李志钧等校点《阮籍集》(上海古籍出版社)、陈伯君校注《阮籍集校注》(中华书局)等。

咏怀[①]八十二首其一

夜中不能寐,起坐弹鸣琴。薄帷[②]鉴明月,清风吹我衿。孤鸿号外野,翔鸟鸣北林。徘徊将何见?忧思独伤心。

选自中华书局陈伯君校注《阮籍集校注》卷下

【注释】

①咏怀:阮籍诗以《咏怀》为题者,其中四言诗存十三首,五言诗存八十二首。非一时一地之作。

②帷:帐幔。

【汇评】

1.(南朝)刘勰《文心雕龙·明诗》曰:阮旨遥深。

又《文心雕龙·隐秀》曰:叔夜之《赠行》,嗣宗之《咏怀》,境玄思澹,而独得乎优闲。

2.(元)刘履《选诗补注》:比也,此嗣宗忧世道之昏乱,无以自适,故托言夜半之时起坐而弹琴也。所谓薄帷照月,已见阴光之盛,而清风吹衿,则又寒气之渐也。况贤者在外,如孤鸿之哀号于野,而群邪阿附权臣,亦犹众鸟回翔,而鸣于阴背之林焉。是时魏室既衰,司马氏专政,故有是喻。其气象如此,我之徘徊不寐复将何见邪?意谓昏乱愈久,则所见殆有不可言者。是以忧思独深,而至于伤心也。

3. （明）陆时雍《古诗镜》卷七：起何彷徨，结何寥落，诗之致在意象而已。

4. （清）王夫之《古诗评选》卷四：晴月凉风、高云碧宇之致，见之吟咏者，实自公始。但如此诗，以浅求之，若一无所怀，而字后言前，眉端吻外，有无尽藏之怀，令人循声测影而得之。……步兵《咏怀》，自是旷代绝作，远绍《国风》，近出入于《十九首》，而以高朗之怀，脱颖之气，取神似于离合之间。

5. （清）张琦《宛邻书屋古诗录》：结二句委折深隐，以下数十章千端万绪，皆出于此。

6. （清）陈祚明《采菽堂古诗选》卷八："薄帷"二句，清景萧疏。"鉴"字特古。

又曰：孤鸿，失侣也。"翔鸟"句，反南枝之意，而用之有所思也。

7. （清）沈德潜《古诗源》卷六：阮公咏怀，反覆零乱，兴寄无端。和愉哀怨，杂集于中，令读者莫求归趣，此其为阮公之诗也。必求时事以实之，则凿矣。

又曰：《十九首》后，复有此种笔墨，文章一转关也。

8. （清）张玉毂《古诗赏析》卷十：此首伤上之远贤亲佞也，全在"孤鸿"二句露意。

9. （清）方东树《昭昧詹言》卷一：此是八十一首发端，不过总言所以咏怀不能已于言之故。而情景融合，含蓄不尽，意味无穷。

咏怀八十二首其十七

独坐空堂上,谁可与欢①者?出门临永路②,不见行车马。登高望九州,悠悠分旷野。孤鸟西北飞,离兽③东南下。日暮思亲友,晤言④用自写⑤。

选自中华书局陈伯君校注《阮籍集校注》卷下

【注释】

①欢:一作"亲"。

②永路:长路。

③离兽:失群之兽。

④晤言:见面谈话。《诗·陈风·东门之池》:"彼美淑姬,可以晤言。"

⑤写:除。

【汇评】

1.(明)陆时雍《古诗镜》卷七:起语兴情慨慨,结语寄意殷殷,如此首尾盘礴,自是阮公家数。

2.(清)王夫之《古诗评选》卷四:自然愤世嫉俗,人必有此感,无事句求字测也。

3.(清)吴淇《六朝选诗定论》:吾非斯人之徒与而谁欤?乃独坐空堂,无人焉;"出门临永路",无人焉;"登高望九州",无人焉。所见惟鸟飞兽下耳。其写无人处,可谓尽情。

4.(清)陈祚明《采菽堂古诗选》卷八:九州乃至无同心,是何亲友,顾独思之?是必也九州人所不思者,公愈不能已于思也。

5.（清）张玉毂《古诗赏析》卷十：此首因所如不合，眷恋故人也。前六，以独坐寡欢，点醒不合于世，出门登高。一气写来，最有劲势。后四，接旷野鸟兽，略一写景，急脉缓受法也。而呼起怀人正意作收，愈觉灵紧。

6.（清）陈沆《诗比兴笺》卷二：悼国无人也。我瞻四方，蹙蹙靡所聘，途穷能无恸乎！孤鸟离兽，士不西走蜀，则南走吴耳。思亲友以写晤言，其孙登、叔夜之伦耶？

咏怀八十二首其三十一

驾言①发魏都②，南向望吹台③，箫管有遗音，梁王安在哉？战士食糟糠，贤者处蒿莱④。歌舞曲未终，秦兵已复来。夹林⑤非吾有，朱宫生尘埃。军败华阳下⑥，身竟为土灰。

选自中华书局陈伯君校注《阮籍集校注》卷下

【注释】

①言：语气助词。

②魏都：战国时魏都大梁，在今河南开封。

③吹台：相传为春秋时师旷吹乐之台。战国时魏惠王（即梁惠王）曾于此处"觞诸侯"。遗迹在今开封市东南，又称繁台、范台。

④蒿莱：蒿、莱，皆野草名。蒿莱指野草。《后汉书·独行列传·向栩传》："及到官，略不视文书，舍中生蒿莱。"

⑤夹林：吹台附近梁王游览之地。《战国策·魏策》有"前

夹林而后兰台"。

⑥军败华阳下：华阳，古地名，在今河南新郑东。前273年，秦兵围困大梁，破魏军于华阳，魏割让南阳以求和。

【汇评】

1.（清）王夫之《古诗评选》卷四：亮甚切甚。然可嗣此音者，微许太白，高、岑已差三十里，何况圣俞、永叔？

2.（清）陈祚明《采菽堂古诗选》卷八：此首悲凉婉转。

又曰：借吊古以忧时事，故语极哀切。

3.（清）何焯《义门读书记》卷四十六："咏怀"之作，其归在于魏晋易代之事。而其词旨亦复难以直寻，若篇篇附会，又失之也。

4.（清）张玉縠《古诗赏析》卷十：此首借古事慨时政也。魏都许昌，即古梁地，故独举梁言。首四，就发魏都，望吹台，一气赶出当日梁王行乐不长来。笔意超忽，已括篇旨。"战士"二句，乃推原所以致败之由。后六，即起意申明之，咏叹作收。

5.（清）陈沆《诗比兴笺》卷二：借古以寓今也。明帝末路，歌舞荒淫，而不求贤讲武，为苞桑之计，不亡于敌国，则亡于权奸。岂非百世殷鉴哉！

晋诗·二十六首

潘岳诗·一首

潘岳（247—300），字安仁，郡望荥阳中牟（今河南中牟东）。杜甫《花底》诗曰："恐是潘安县，堪留卫玠车。"后世遂省称潘安。幼随父在巩县，少年即到洛阳。《世说新语》载其"美姿仪"。少以才名闻世，三十余岁出为河阳县令，令全县种桃花，遂有"河阳一县花"之称。他性轻躁，趋于名利，与石崇、陆机、刘琨、左思等并为"贾谧二十四友"。史载其每候贾谧出，远望其车马扬起的灰尘便拜。故元好问《论诗绝句》曰："心画心声总失真，文章宁复见为人。高情千古《闲居赋》，争信安仁拜路尘。"孙秀当政后，潘岳遭夷三族之祸。故房玄龄评价潘岳说："趋权冒势，终亦罹殃。"

潘岳在文学史上往往与陆机并称，所谓："陆才如海，潘才如江。"后人评价六朝文学，亦多以潘陆并称。潘岳是"太康"文学的代表，故钱基博评价曰："两晋文章……其一派奇丽藻逸，撷两汉之葩，潘岳、陆氏机云、左思其尤，以开太康之盛。"

潘岳擅写哀伤之诗文。今传明张溥辑《潘黄门集》一卷。

悼亡诗①三首其一

　　荏苒冬春谢,寒暑忽流易。之子归穷泉②,重壤③永幽隔。私怀谁克从?淹留亦何益。僶俛④恭朝命⑤,回心反初役⑥。望庐思其人,入室想所历。帏屏无仿佛⑦,翰墨有余迹。流芳⑧未及歇,遗挂⑨犹在壁。怅恍如或存,周惶忡惊惕。如彼翰林⑩鸟,双栖一朝只。如彼游川鱼,比目中路析⑪。春风缘隙来,晨霤⑫承檐滴。寝息何时忘,沉忧日盈积。庶几有时衰,庄缶犹可击⑬。

选自上海古籍出版社点校本《文选》第二十三卷

【注释】

①悼亡诗:何焯《义门读书记》曰:"安仁《悼亡》,盖在终制之后,荏苒冬春,寒暑忽易,是一期已周也。古人未有丧而赋诗者。"潘岳所作《悼亡诗》共三首,作于亡妻一周年祭以后。后"悼亡诗"成为悼念亡妻的专门题材。

②穷泉:犹言九泉,指极深的地下。

③重壤:层层土壤。

④僶俛:音敏免,犹黾勉,勉力。《诗·邶风·谷风》:黾勉同心。

⑤恭朝命:恭敬地对待朝廷的命令。

⑥反初役:回到原来做官的任所。

⑦帏屏无仿佛:仿佛,指相似的影像。此句隐用汉武帝思念李夫人事。《汉书·外戚传》载:"上思念李夫人不已,方士齐人少翁言能致其神。乃夜张灯烛,设帷帐,陈酒肉,而令上居他

帐，遥望见好女如李夫人之貌，还幄坐而步。又不得就视，上愈益相思悲感，为作诗曰……"

⑧流芳：妻子遗物尚散发芳香。

⑨遗挂：妻子遗留下来和悬挂在墙上的东西。

⑩翰林：鸟栖息之林。

⑪析：分开。

⑫霤：音六，同"溜"。

⑬庄缶犹可击：此用"鼓盆而歌"之典。《庄子·至乐篇》载："庄子妻死，惠子吊之，庄子则方箕踞鼓盆而歌。"此指诗人由于悼亡心伤，日夜难忘，所以自慰要达观一些，就像庄子那样。

【汇评】

1. （清）吴淇《六朝选诗定论》：此诗"周惶忡惊惕"五字似复，而实一字有一字之情。"怅恍"者，见其所历而犹为未亡。"周惶忡惊惕"，想其所历而已知其亡。故以"周惶忡惊惕"五字，合之"怅恍"共七字，总以描写室中人新亡，单剩孤孤一身在室内，其心中忐忐忑忑光景如画。

2. （清）陈祚明《采菽堂古诗选》卷十一：情至凄惨。"望庐"六句，千古悼亡至情。"周惶"句不成语。"春风"二句言愁。愁在声中觉无声，非愁也。

3. （清）沈德潜《古诗源》卷七："周惶忡惊惕"五字，颇不成句法。"如彼翰林鸟"，四语反浅。

4. （清）张玉穀《古诗赏析》卷十一：潘诗率平衍少味，唯此三章能以情胜。初并录之，继细阅第二章、第三章，与此意多复沓，终不免元微之"犹费辞"之诮（按，元稹《遣悲怀三首其三》有"潘岳悼亡犹费词"）。独存首作，持择庶精，莫讶潘、江之仅留一勺也。

陆机诗·一首

陆机（261—303），字士衡，吴郡吴县华亭（今上海松江）人。孙吴丞相陆逊之孙、大司马陆抗第四子，与其弟陆云合称"二陆"，又与顾荣、陆云并称"洛阳三俊"。太康十年（289），陆机兄弟入洛阳，深得太常张华赏识，此后名气大振。时有"二陆入洛，三张减价"之说（太康文学的代表有"三张二陆两潘一左"，"三张"指张载、张协和张亢）。历官平原内史、祭酒、著作郎等职，故后世称"陆平原"。"八王之乱"时被诬遇害，并遭夷三族。

陆机之诗文辞藻宏丽，喜雕琢排偶，在当时文坛上享有盛名，被誉为"太康之英"。流传下来的诗共105首，大多为乐府诗和拟古诗。刘勰《文心雕龙·乐府篇》称："子建士衡，咸有佳篇。"钟嵘《诗品》卷上评曰："晋平原相陆机，其源出于陈思。才高词赡，举体华美。气少于公幹，文劣于仲宣。尚规矩，不贵绮错，有伤直致之奇。然其咀嚼英华，厌饫膏泽，文章之渊泉也。张公叹其大才，信矣！"

陆机也是著名的辞赋家，尤以《文赋》最著名。以典丽的辞藻、赋体形式来写作文学理论之作，这在中国文学史、批评史上也是独一无二的。

南宋时徐民臆发现陆机遗文十卷，与其弟陆云集合辑为《晋二俊文集》。明张溥辑有《陆平原集》。今比较通行的版本有中华书局金涛声校点本《陆机集》、凤凰出版社刘运好校注本《陆士衡文集校注》。

猛虎行

渴不饮盗泉水①，热不息恶木阴②。恶木岂无枝？志士多苦心。整驾③肃时命④，杖策将远寻。饥食猛虎窟，寒栖野雀林⑤。日归功未建，时往岁载⑥阴。崇云临岸骇⑦，鸣条随风吟。静言幽谷底，长啸高山岑。急弦无懦响⑧，亮节难为音。人生诚未易，曷云开此衿⑨？眷我耿介⑩怀，俯仰愧古今。

选自上海古籍出版社点校本《文选》第二十八卷

【注释】

①渴不饮盗泉水：盗泉，水名。郦道元《水经注·洙水》载："洙水西南流，盗泉水注之。"遗址在今山东省泗水县东北。尸佼《尸子》载："孔子至于胜母，暮矣而不宿；过于盗泉，渴矣而不饮。恶其名也。"

②热不息恶木阴：恶木，贱劣之树。《文选》李善注引江邃《文释》："《管子》曰：'夫士怀耿介之心，不荫恶木之枝。'"

③整驾：整理车马，泛指整理行装。

④肃时命：肃指恭候；时命指当时君王的命令。意思是说君王命其出来做事，故恭敬地遵命而行。

⑤饥食猛虎窟，寒栖野雀林：乐府古辞《猛虎行》曰："饥不从猛虎食，暮不从野雀栖。"陆机此处反用原诗意，意谓仗策远寻，路途艰辛，所以饥不择食，寒不择栖。言下之意，自己为执行君令，不得不违背自己的初衷。

⑥载：犹则。

⑦骇：起。

⑧懦响：柔弱之音。

⑨衿：同"襟"，胸襟。

⑩耿介：正直。

【汇评】

1. （清）陈祚明《采菽堂古诗选》卷十："恶木"二句、"急弦"二句，并得古诗风调。

2. （清）何焯《义门读书记》卷四十七：起手反古词之意。宋人翻案实祖述于此。自"日归功未建"以下，所谓多苦心也。末云"俯仰愧古今"，唯恐有愧于俯仰，所以一食息而不敢苟也。

3. （清）沈德潜《古诗源》卷七：起用六字句，最见奇峭，此士衡变体。

左思诗·四首

左思（250？—305？），字太冲，齐国临淄（今山东淄博东北）人。其貌不扬，然才华出众。晋武帝时，因其妹左棻被选入宫，故举家迁居洛阳，任秘书郎。也曾谄事贾谧，为"二十四友"之一。《晋书》本传载其以十年之力写就《三都赋》，"豪贵之家，竞相传写，洛阳为之纸贵"。

其虽有文学才华，但身处门阀制度下屡不得志，故其诗多表述自己的抱负和对权贵的蔑视，极力歌颂隐士的清高。其作品旧传有集五卷，今存者仅赋两篇，诗十四首。清严可均《全上古三代秦汉三国六朝文》、逯钦立《先秦汉魏晋南北朝诗》皆辑有左思之文、诗。今传《左太冲集》一卷。

咏史八首其一

弱冠①弄柔翰②，卓荦③观群书。著论准《过秦》④，作赋拟《子虚》⑤。边城苦鸣镝⑥，羽檄飞京都。虽非甲胄士，畴昔览

《穰苴》⑦。长啸激清风，志若无东吴。铅刀贵一割⑧，梦想骋良图。左眄⑨澄江湘⑩，右盼定羌胡。功成不受爵，长揖归田庐⑪。

自上海古籍出版社点校本《文选》第二十一卷

【注释】

①弱冠：《礼记·曲礼》："人生二十曰弱冠。"古时男子年满二十则行加冠礼，但体尚弱，故称"弱冠"。

②柔翰：毛笔。

③卓荦：荦音落，卓越。

④《过秦》：西汉贾谊所作政论文《过秦论》。

⑤《子虚》：西汉司马相如所作赋《子虚赋》。

⑥鸣镝：尾部带哨的箭，也称"嚆矢"，发射它们作为战斗的信号。

⑦《穰苴》：《司马穰苴兵法》。田穰苴（生卒不详），又称司马穰苴，春秋末期齐国人。善治军，齐景公时因拒晋、燕有功，尊为大司马。后齐威王派大夫追论古代兵法，附穰苴于其中，称《司马穰苴兵法》。此处以穰苴泛指兵法。

⑧铅刀贵一割：典出《后汉书·班超传》："臣乘圣汉威神，出万死之志，冀立铅刀一割之用。"铅刀难于割东西，一割就难再用。此处左思以铅刀自比，意为虽然才质低劣，但也愿意发挥效用，为国效力。此乃谦词。

⑨眄：音免，看。此处含有轻视的意味。

⑩江湘：江特指长江；湘指湘水。代指东吴。

⑪长揖归田庐：长揖是拱手礼，表示辞谢；归田庐是辞官归隐。古代士人有功成名就、归隐山林湖泽的夙愿。

119

咏史八首其二

郁郁涧底松,离离①山上苗。以彼径寸茎,荫②此百尺条。世胄③蹑高位,英俊沉下僚。地势使之然,由来非一朝。金张藉旧业④,七叶珥汉貂⑤。冯公⑥岂不伟,白首不见招。

自上海古籍出版社点校本《文选》第二十一卷

【注释】

①离离:柔细而下垂貌。

②荫:四声,遮盖。

③世胄:世家子弟。

④金张藉旧业:"金"指的是汉金日䃅,他家自汉武帝至汉平帝,七代为内侍。"张"指的是汉张汤。《汉书·张汤传》载:"安世(张汤子)子孙相继,自宣、元以来为侍中、中常侍……者凡十余人。功臣之世唯有金氏、张氏亲近贵宠,比于外戚。"藉:凭借。

⑤七叶珥汉貂:七叶,七代;珥,音耳,插;貂,貂尾。汉代侍中、中常侍的帽子上,皆插貂尾。这两句是说金、张两家的子孙凭借祖先创下的基业,七代做汉朝的贵官。

⑥冯公:指冯唐,生于汉文帝时,然至武帝时仍居郎官小职。后世惯以冯唐之典来表达有志难酬,如"冯唐易老,李广难封"(王勃《秋日登洪府滕王阁饯别序》)、"垂白冯唐老,清秋宋玉悲"(杜甫《白首》)等。

咏史八首其五

皓天舒①白日,灵景②耀神州。列宅紫宫③里,飞宇④若云浮。峨峨高门内,蔼蔼⑤皆王侯。自非攀龙客⑥,何为欻⑦来游?被褐出阊阖⑧,高步追许由⑨。振衣千仞冈,濯足万里流⑩。

自上海古籍出版社点校本《文选》第二十一卷

【注释】

①舒:呈现。

②灵景:景,通"影";灵景指日光。

③紫宫:本星名,即紫微宫。汉未央宫有紫宫,故这里泛指帝王禁宫。

④飞宇:宇指屋檐。古代宫殿的屋檐设计得如飞扬的鸟翼,故称"飞宇"。

⑤蔼蔼:人众多貌。

⑥攀龙客:攀龙附凤之人,此指攀附帝王公侯以求仕进之人。扬雄《法言·渊骞》:"攀龙鳞,附凤翼,巽以扬之。"

⑦欻:音虚,一燃即灭的火光,此指时间短暂。

⑧阊阖:宫门。

⑨许由:传说中唐尧时的隐士。尧欲让天下予他,他逃至箕山下隐居耕种。

⑩振衣千仞冈,濯足万里流:佚名《渔父》:"沧浪之水浊兮,可以濯吾足。"又王粲《七释》:"濯身乎沧浪,振衣乎嵩岳。"振衣高冈、濯足长流,是为了涤除尘杂污秽。

咏史八首其六

荆轲饮燕市，酒酣气益振。哀歌和渐离，谓若傍无人[①]。虽无壮士节，与世亦殊伦。高眄邈[②]四海，豪右[③]何足陈？贵者虽自贵，视之若埃尘。贱者虽自贱，重之若千钧[④]。

自上海古籍出版社点校本《文选》第二十一卷

【注释】

①"荆轲"四句：《史记·刺客列传》载："荆轲既至燕，爱燕之狗屠及善击筑者高渐离。荆轲嗜酒，日与狗屠及高渐离饮于燕市。酒酣以往，高渐离击筑，荆轲和而歌于市中，相乐也。已而相泣，旁若无人者。"

②邈：同"藐"，小看。

③豪右：古时以右为尊，故称豪门贵族为豪右。

④钧：古重量单位，一钧等于三十斤。

【汇评】

1. （南朝）钟嵘《诗品》卷上：其源出于公幹。文典以怨，颇为精切，得讽谕之致。虽野于陆机，而深于潘岳。

2. （明）胡应麟《诗薮·外编》卷二：太冲《咏史》、景纯（郭璞）《游仙》，皆晋人杰作。咏史之名，起自孟坚，但指一事。魏杜挚《赠毌丘俭》，叠用八古人名，堆垛寡变。太冲题实因班，体亦本杜，而造语奇伟，创格新特，错综震荡，逸气干云，遂为古今绝唱。

3. （明）许学夷《诗源辩体》卷五：左太冲五言《咏史》，

出于班孟坚、王仲宣，而气力胜之。

4.（清）王夫之《古诗评选》卷四：三国之降为西晋，文体大坏，古度古心不绝于来兹者，非太冲其焉归？

5.（清）陈祚明《采菽堂古诗选》卷十一：太冲一代伟人，胸次浩落，洒然流咏。似孟德而加以流丽，仿子建而独能贵简。创成一体，垂示千秋。其雄在才，而其高在志。有其才无其志，语必虚矫；有其志而无其才，音难顿挫。

又曰：太冲《咏史》八篇，千秋绝唱，其原出于魏武。明远近师，太白远效。此格壮激悲凉，要以意志高伟而笔调圆转乃佳，否则失于粗率矣。

6.（清）何焯《义门读书记》卷四十六：题云《咏史》，其实乃咏怀也。八首一气挥洒，激昂顿挫，真是大手。晋诗中杰出者。太白多学之。

7.（清）沈德潜《古诗源》卷七：太冲《咏史》，不必专咏一人，专咏一事，咏古人而己之性情俱见，此千秋绝唱也。后惟明远、太白能之。

8.（清）张玉穀《古诗赏析》卷十一：太冲《咏史》，初非呆衍史事，特借史事以咏己之怀抱也。或先述己意，而以史事证之；或先述史事，而以己意断之；或止述己意，而史事暗合；或止述史事，而己意默寓。各还悬解，乃能脉络贯通。

9.（清）刘熙载《艺概·诗概》：左太冲《咏史》似论体。

王赞诗·一首

王赞,生卒年不详,字正长,义阳(今河南新野)人。博学有俊才。历官司空掾、著作郎、太子舍人、侍中。永嘉中为陈留内史,加散骑侍郎。西晋末为石勒所杀。其诗入《诗品》中品。原有集五卷,已佚。

杂诗

朔风动秋草,边马有归心。胡宁①久分析②,靡靡忽至今?王事③离我志,殊隔过商参④。昔往鸧鹒⑤鸣,今来蟋蟀吟。人情怀旧乡,客鸟思故林。师涓⑥久不奏,谁能宣我心!

选自上海古籍出版社点校本《文选》第二十九卷

【注释】
①胡宁:何乃,为何。
②分析:分隔。

③王事：公务、国事。《诗·唐风·鸨羽》："王事靡盬，不能蓺稷黍。"

④商参：二星名，参在西，商在东，此出彼没，永不相见。常用来比喻双方隔绝。

⑤鸧鹒：黄莺。

⑥师涓：春秋时卫国的乐师。《韩非子·十过》载："奚谓好音？昔者卫灵公将之晋，至濮水之上，税车而放马，设舍以宿。夜分，而闻鼓新声者而说之，使人问左右，尽报弗闻。乃召师涓而告之，曰：'有鼓新声者，使人问左右，尽报弗闻，其状似鬼神，子为我听而写之。'师涓曰：'诺。'因静坐抚琴而写之。师涓明日报曰：'臣得之矣，而未习也，请复一宿习之。'灵公曰：'诺。'因复留宿，明日，而习之，遂去之晋。"此处用师涓来比喻自己的知音。

【汇评】

1.（南朝）沈约《宋书·谢灵运传论》：至于先士茂制，讽高历赏，子建"函京"之作，仲宣"霸岸"之篇，子荆"零雨"之章，正长"朔风"之句，并直举性情，非傍诗史，正以音律调韵，取高前式。自骚人以来，而此秘未睹。

2.（南朝）钟嵘《诗品》卷中：子荆"零雨"之外，正长"朔风"之后，虽有累札，良亦无闻。……并得虬龙片甲，凤凰一毛。事同驳圣，宜居中品。

3.（明）陆时雍《古诗镜》卷九："朔风动秋草，边马有归心"，气韵生动，然是晋语。

4.（清）王夫之《古诗评选》卷四：通首净甚，一结尤净。

如片云在空，疑行疑止。

5.（清）陈祚明《采菽堂古诗选》卷十二：起二句，《十九首》风味，《三百篇》兴体也。慨然而起，甚佳。通首风度娟秀。

6.（清）张玉穀《古诗赏析》卷十一：此久宦怀归之诗。

刘琨诗·一首

刘琨（271—318），字越石，中山魏昌（今河北无极东北）人。晋怀帝永嘉元年（307）为并州刺史，与匈奴人刘渊对抗失败，父母遇害。晋愍帝时，任司空、大将军，都督并、冀、幽三州诸军事。不久为石勒所败，并州失陷，遂投奔幽州刺史鲜卑人段匹磾，并与之结为兄弟，相约共扶晋室。318年，其子刘群得罪段匹磾，刘琨及其子侄四人皆遭段匹磾杀害。

刘琨善文学，通音律，其诗多描写边塞生活。《隋书·经籍志》有《刘琨集》九卷，又有《别集》十二卷。张溥辑有《刘中山集》。

重赠卢谌[1]

握中有悬璧[2]，本自荆山璆[3]。惟彼太公望[4]，昔在渭滨叟。邓生[5]何感激，千里来相求。白登幸曲逆[6]，鸿门赖留侯[7]。重耳任五贤[8]，小白相射钩[9]。苟能隆二伯[10]，安问党与雠？中夜抚枕叹，想与数子游。吾衰久矣夫，何其不梦周[11]？谁云圣达节[12]，知命故不忧[13]。宣尼悲获麟，西狩涕孔丘[14]。功业未及建，夕阳忽西流。时哉不我与，去乎若云浮。朱实[15]陨劲风，繁英落素秋。狭路倾华盖[16]，骇驷[17]摧双辀[18]。何意百炼刚，化为绕指柔[19]。

选自上海古籍出版社点校本《文选》第二十五卷

【注释】

①卢谌：字子谅，范阳（今保定北、北京南）人。曾为刘琨的主簿，转从事郎中。与刘琨屡有赠答。

②悬璧：用悬黎（美玉名）做成的璧。

③荆山璆：荆山，在今湖北省西部，古称"南条荆山"。相传春秋时楚人卞和曾在荆山抱玉岩得璞玉，世称和氏璧。璆，指美玉。

④太公望：周代开国元勋姜尚。《史记·齐太公世家》载姜尚隐于渭水之滨，文王姬昌出猎时遇到他，非常高兴，说："自吾先君太公曰，当有圣人适周，周以兴，子真是邪？吾太公望子久矣。"因以"太公望"为号。

⑤邓生：邓禹，字仲华。南阳新野（今河南新野南）人。《后汉书·邓寇列传》载："及汉兵起，更始立，豪桀多荐举禹，禹不肯从。及闻光武安集河北，即杖策北渡，追及于邺。光武见之甚欢，谓曰：'我得专封拜，生远来，宁欲仕乎？'禹曰：'不愿也。'光武曰：'即如是，何欲为？'禹曰：'但愿明公威德加于四海，禹得效其尺寸，垂功名于竹帛耳。'"

⑥白登幸曲逆：白登，山名，在今山西大同东。据《史记·高祖本纪》及《陈丞相世家》载，前200年，刘邦被匈奴围

困于平城（今山西省大同市东）白登山七日，后依陈平计方得脱险。后刘邦南巡至曲逆（今河北定州），封陈平为曲逆侯。

⑦鸿门赖留侯：鸿门，古地名，在今陕西省西安市临潼区东北，今称"项王营"。据《史记·项羽本纪》载，因曹无伤告密，项羽在鸿门设宴，欲伺机除掉刘邦。幸亏张良私会项伯，并临危请出樊哙帮忙，才使刘邦脱险。刘邦称帝后，封张良为留（今江苏沛县东南）侯。

⑧重耳任五贤：重耳，春秋五霸之一的晋文公。《左传·僖公二十三年》载重耳之亡，其中有五位贤士赵衰、狐偃、贾佗、先轸、魏犨曾随他出逃，且帮他复国称霸。

⑨小白相射钩：小白，春秋五霸之一的齐桓公。相，使动词，使之为相。齐襄公十二年（前686），齐国内乱，两个逃亡在外的公子纠和小白见时机成熟，都想急忙设法回国，以便夺取王位。时管仲事公子纠，先公子纠回国，并设法在半路阻拦小白，用箭射之。小白应声倒下，让管仲以为其已经死了。其实箭射在了衣带钩上。后小白加紧步伐赶回齐国，由鲍叔牙劝说了齐国正卿。由此，小白登上了齐国的王位。后鲍叔牙向齐桓公举荐管仲，齐桓公不计前嫌，任管仲为相，成就了一番霸业。

⑩伯：通"霸"。

⑪吾衰久矣夫，何其不梦周：典出《论语·述而》："子曰：'甚矣吾衰也！久矣吾不复梦见周公。'"周公，姓姬，名旦，周文王之子，武王之弟。他是孔子最敬重的古贤人之一。两句意谓可惜我已经衰老了，再难成就一番事业。

⑫圣达节：通达事理，不拘常礼。《左传·成公二十五年》："圣达节，次守节，下失节。"

⑬知命故不忧：典出《周易·系辞上》："乐天知命故不忧。"以上二句冠以"谁云"，故反用原意，意谓谁说圣人达节、知命就会乐观而无忧呢？

⑭宣尼悲获麟，西狩涕孔丘：宣尼是孔子的尊号，汉成帝时追谥孔子为褒成宣尼公。获麟，捕获麒麟。事见《春秋·哀公十四年》。孔子认为此兽出现得不是时候，故《公羊传》载孔子听说后"反袂拭面，涕沾袍"，叹曰："吾道穷矣！"

⑮朱实：红色的果实。

⑯倾华盖：华盖是华丽的车盖。倾华盖代指翻车。

⑰骇驷：拉车的四匹马受了惊吓。

⑱辀：车辕。

⑲绕指柔：柔软到能够缠绕于手指上。结尾两句比喻自己经受磨难后意志消沉，就好像经过千锤百炼的坚钢，如今却变得柔软到能够缠绕于手指之上。此非实言，实际是勉励卢谌要早日奋起、建功立业。

【汇评】

1.（唐）房玄龄《晋书·刘琨传》：琨诗托意非常，摅畅忧愤，远想张、陈，感鸿门、白登之事，用以激谌。谌素无奇略，以常词酬和，殊乖琨心，重以诗赠之。

2.（明）王世贞《艺苑卮言》卷三：余每览刘司空"岂意百炼刚，化为绕指柔"，未尝不掩卷酸鼻也。呜呼！越石已矣，千载而下，犹有生气。彼石勒段龛，今竟何在。

3.（清）陈祚明《采菽堂古诗选》卷十二：越石英才，遘此失路，万绪悲凉。前诗不能自已，重有此赠。拉杂繁会，哀音无次。有《离骚》之情，用《七哀》之意。沉雄变宕，自成绝调。

又曰："宣尼"二句名字回环，具见悲愤，杂集不足为累。

4.（清）何焯《义门读书记》卷四十六：慷慨悲凉，故是幽、并本色。越石时为匹䃅所幽，故有白登、鸿门之语。前史所谓以张、陈激谌者也。下二联则谓所志唯在兴复晋祚，比绩桓、文，不计党雠。欲谌深达此意于匹䃅，使其顾念前好，同奖王室。我终不以被幽为恨，如小白于管仲，何尝问从前射钩之事也。

5.（清）施闰章《蠖斋诗话》："何意百炼钢，化为绕指柔"，非英雄失志、身经多难之人，不知此语酸鼻。

又："宣尼悲获麟，西狩泣孔丘"，一事作两句，略无分别，古人全不暇检点。

6.（清）沈德潜《说诗晬语》卷上：刘琨《答卢谌篇》，拙重之中，感激豪荡，准之变雅，似离而合。

7.（清）沈德潜《古诗源》卷八："宣尼"二句，重复言之，与阮籍"多言焉所告，繁词将诉谁"同一反复申言之意。

又曰：拉杂繁会，自成绝调。

8.（清）张玉穀《古诗赏析》卷十二：题云重赠，盖因前诗意有未尽，故复赠此。乍看似止首二美卢，已下皆述己怀，无与卢事。细加研究，并参阅《晋书》所云"琨诗托意非常，摅畅幽愤，用以激谌"等语，始知前引古处，后感慨处，皆含得勉卢激卢意，不粘亦不脱也。首二，即以璆璧比卢才质之美，立定篇主。"惟彼"十二句，历引昔贤，为卢之影。言才质美者，固当有为如是。勒到想与之游，即是冀与卢同建功业也。"吾衰"十句，落到己身衰暮无成，即将孔圣亦忧，拓空作引，然后实点出功业未建，时不我与，感慨顿住。后六，忽叠四比，比出遭世多艰，士气固易摧折，再用钢金绕指，比出有志者亦复灰心，阙然竟止。语似自嘲，而意则讽卢当早树功，勿沮丧也。观其以玉起，以金收，以本自呼，以何意应，空中激射，通体皆灵。

9.（清）陈沆《诗比兴笺》卷二：诗中征事杂沓，比兴错出，各有指归。太公、邓禹，述己匡扶王室之志。白登、鸿门，冀脱己患难之中。重耳、小白，欲与匹磾同奖王室。比迹桓文，不以见幽小嫌为辱，望谌以此意达之匹磾，披沥死争，必能见悟也。"知命"以下，慨功业之不立，志命之不偶。本传言琨闻祖逖进用，与亲故书曰："吾枕戈待旦，志枭逆虏，常恐祖生先我着鞭。"即此诗之旨乎？元遗山《论诗绝句》曰："曹刘坐啸虎生风，万古无人角两雄。可惜并州刘越石，不教横槊建安中。"谓刘桢浅狭阒寥之作，未能以敌三曹。唯越石气盖一世，始足与曹公苍茫相敌也。

郭璞诗·三首

　　郭璞（276—324），字景纯，河东闻喜（今山西闻喜）人。建平太守郭瑗之子，两晋时期著名文学家、训诂学家、风水学者，好古文、奇字，精天文、历算、卜筮，擅诗赋。曾笺释《尔雅》《山海经》《楚辞》等书。除家传易学外，郭璞还承袭了道教的术数学，是两晋时最著名的方士。西晋末为宣城太守殷佑参军。西晋亡，随晋室南渡，东晋开国皇帝晋元帝拜为著作佐郎。曾与王隐共撰《晋史》，后为王敦记室参军。因以卜筮不吉阻王敦谋反，被杀。后被追赠弘农太守，宋徽宗时被追封为闻喜伯，元顺帝时被追封为灵应侯。

　　郭璞长于赋文，尤以"游仙诗"名重当世。钟嵘《诗品》评价他说："始变永嘉平淡之体，故称中兴第一。"刘勰《文心雕龙》也说："景纯仙篇，挺拔而俊矣。"张溥辑有《郭弘农集》二卷。

游仙诗①十九首②其一

京华游侠窟③,山林隐遁栖。朱门何足荣?未若托蓬莱④。临源挹⑤清波,陵⑥冈掇⑦丹荑⑧。灵溪可潜盘⑨,安事登云梯?漆园有傲吏⑩,莱氏有逸妻⑪。进⑫则保龙见⑬,退⑭为触藩羝⑮。高蹈风尘外,长揖谢夷齐⑯。

选自上海古籍出版社点校本《文选》第二十一卷

【注释】

①游仙诗:游仙诗是诗歌的一种类型,其源于汉以前的道家歌赋,早在《庄子》中已有"肌肤若冰雪,绰约若处子""千岁厌世,去而上仙。乘彼白云,至于帝乡"等抒写的篇章。通过"游"的描写来表现逍遥世界,抒发内心的忧思。这些已初具游仙诗的雏形。

至秦汉,始皇帝、汉武帝好神仙。始皇帝曾"使博士为《仙真人诗》,及行所游天下,传令乐人歌弦之"。故鲁迅认为"其诗盖后世游仙诗之祖"。汉代如《古诗十九首》中也有"虚无求列仙,松子久吾欺"的诗句。

汉魏六朝是游仙诗兴起和成形的阶段,很多人都作有游仙诗,如曹操、张华、张协、曹植、嵇康、阮籍等。汉魏六朝游仙诗为后代奠定了基本的范式,就类型而言,后代的游仙诗大体分游仙、咏仙和慕仙三大类。且出现过大量组诗,如曹唐的《大游仙》十八首、《小游仙》九十八首等。游仙诗的主题可分为慕仙、寄托、拟古、祝颂、狎邪五类。

②十九首:据逯钦立辑《先秦汉魏南北朝诗》,郭璞以"游

仙诗"为题者共十九首。

③窟：原意洞穴，此指游侠出没之所。

④蓬莱：传说中的海上三神山之一。《史记·秦始皇本纪》载："言海中有三神山，名曰蓬莱、方丈、瀛洲，仙人居之。"

⑤挹：舀，斟。

⑥陵：登上。

⑦掇：采拾。

⑧丹荑：初生的赤芝草，服之可延年益寿。

⑨潜盘：潜居盘桓。

⑩漆园有傲吏：指庄子。庄子曾做漆园吏。《史记·老子韩非列传》载："楚威王闻庄周贤，使使厚币迎之，许以为相。庄周笑谓楚使者曰：'千金，重利；卿相，尊位也。子独不见郊祭之牺牛乎？养食之数岁，衣以文绣，以入大庙。当是之时，虽欲为孤豚，岂可得乎？子亟去，无污我。我宁游戏污渎之中自快，无为有国者所羁，终身不仕，以快吾志焉。'"

⑪莱氏有逸妻：莱氏指老莱子。《列女传》卷二载："莱子逃世，耕于蒙山之阳。……人或言之楚王曰：'老莱，贤士也。'王欲聘以璧帛，恐不来，楚王驾至老莱之门，老莱方织畚，王曰：'寡人愚陋，独守宗庙，愿先生幸临之。'老莱子曰：'仆山野之人，不足守政。'王复曰：'守国之孤，愿变先生之志。'老莱子曰：'诺。'王去，其妻戴畚莱挟薪樵而来，曰：'何车迹之众也？'老莱子曰：'楚王欲使吾守国之政。'妻曰：'许之乎？'曰：'然。'妻曰：'妾闻之：可食以酒肉者，可随以鞭捶。可授以官禄者，可随以鈇钺。今先生食人酒肉，授人官禄，为人所制也。能免于患乎！妾不能为人所制，投其畚莱而去。'老莱子曰：

'子还，吾为子更虑。'遂行不顾，至江南而止，曰：'鸟兽之解毛，可绩而衣之。据其遗粒，足以食也。'老莱子乃随其妻而居之。"以上二句以庄周、老莱子为例，表达自己隐居之志向。

⑫进：进仕、做官。

⑬龙见：见音现。《周易·乾卦》九二："见龙在田，利见大人。"

⑭退：与上一句"进"相对，指隐居。

⑮触藩羝：羝音低，公羊。《周易·大壮卦》上六："羝羊触藩，不能退，不能遂。"此句意谓若当官遇到诸多麻烦后再想退隐，就如公羊触樊篱一样难于自拔了。

⑯夷齐：夷指伯夷；齐指叔齐。商末孤竹君之二子，商亡后耻食周粟，隐居于首阳山，采薇而食，后饿死。

游仙诗十九首其二

青溪①千余仞，中有一道士。云生梁栋间，风出窗户里。借问此何谁，云是鬼谷子②。翘迹③企颍阳④，临河思洗耳⑤。阊阖⑥西南来，潜波涣鳞起。灵妃⑦顾我笑，粲然启玉齿。蹇修⑧时不存，要之将谁使？

选自上海古籍出版社点校本《文选》第二十一卷

【注释】

①青溪：山名。庾仲雍《荆州记》载："临沮县有青溪山。山东有泉。泉侧有道士精舍。郭景纯尝作临沮县，故《游仙诗》嗟青溪之美。"

②鬼谷子：即王诩，战国时人，隐居于鬼谷，故自号鬼谷子。

③翘迹：意谓举足。

④颖阳：颖川之阳。传许由隐居于此。

⑤洗耳：相传尧欲传位于许由（或聘许由为九州长），许由厌闻世事，至颖水滨洗耳。

⑥阊阖：阊阖风的简称，指西风、秋风。

⑦灵妃：宓妃，伏羲氏之女，传说中的洛水之神。

⑧蹇修：伏羲氏之臣，古贤人。屈原《离骚》："解佩纕以结言兮，吾令蹇修以为理。"故后世以蹇修为媒人之称。

游仙诗十九首其四

六龙①安可顿，运流②有代谢。时变感人思，已秋复愿夏。淮海变微禽③，吾生独不化。虽欲腾丹溪④，云螭⑤非我驾。愧无鲁阳⑥德，回日向三舍⑦。临川哀年迈⑧，抚心独悲咤⑨。

选自上海古籍出版社点校本《文选》第二十一卷

【注释】

①六龙：六螭。古代神化中为太阳驾车的六条龙。唐徐坚等编《初学记》卷一引《淮南子》载："爰止羲和，爰息六螭，是谓悬车。"古注曰："日乘车驾以六龙。"

②运流：时间运转流逝。

③微禽：小动物。此句与下句化用《国语·晋语九》中语意："赵简子叹曰：'雀入于海为蛤，雉入于淮为蜃。鼋鼍鱼鳖莫

137

不能化，唯人不能。哀夫！'"诗人感叹世间连小动物都能随环境而变化，人却不能。

④丹溪：相传为不死之国。

⑤云螭：腾云之龙。

⑥鲁阳：传说中的神人，又称鲁阳公。《淮南子·览冥训》载："鲁阳公与韩构难。战酣，日暮，援戈而撝之，日为之反三舍。"

⑦三舍：三座星宿的位置。指太阳倒转的路程。以上二句感叹自己面对时间流逝而无回天之力。

⑧临川哀年迈：典出《论语·子罕》："子在川上曰：'逝者如斯夫！不舍昼夜。'"悲叹自己韶华如流水般逝去。

⑨悲吒：吒同"咤"；悲吒，悲伤叹息。

【汇评】

1.（南朝）钟嵘《诗品》中：（景纯）宪章潘岳，文体相辉，彪炳可玩。始变永嘉平淡之体，故称中兴第一。《翰林》以为诗首。但《游仙》之作，词多慷慨，乖远玄宗。而云："奈何虎豹姿。"又云："戢翼栖榛梗。"乃是坎壈咏怀，非列仙之趣也。

2.（唐）李善《文选注》卷二十一：凡游仙之篇，皆所以滓秽尘网，锱铢缨绂，餐霞倒景，饵玉玄都。而璞之制，文多自叙。虽志狭中区，而辞无俗累，见非前识，良有以哉。

3.（元）陈绎曾《诗谱》：郭璞构思险怪而造语精圆，三谢皆出于此，杜李精奇处皆取此。本出自淮南小山。

4.（明）许学夷《诗源辩体》卷五：郭景纯五言《游仙诗》，出于汉人《仙人骑白鹿》《邪径过空庐》《今日乐上乐》及曹子建

《远游临四海》《九州不足步》《仙人揽六箸》等篇。……陈绎曾乃谓"三谢皆出于此。杜李精奇处,皆取此。"则又不可知。

5.（清）陈祚明《采菽堂古诗选》卷十二：景纯本以仙姿游于方内,其超越恒情,乃在造语奇杰,非关命意。游仙之作,明属寄托之词,如以列仙之趣求之,非其本旨矣。

6.（清）沈德潜《古诗源》卷八：《游仙诗》本有托而言,坎壈咏怀,其本旨也。钟嵘贬其少列仙之趣,谬矣。

7.（清）张玉榖《古诗赏析》卷十二：景纯《游仙》诗本属寓言,以写其不可一世之概也。钟嵘《诗品》以少列仙之趣贬之,失其指矣。《选》登其半,庶拔厥尤。

8.（清）陈沆《诗比兴笺》卷二：景纯《游仙》,振响两晋。自钟嵘谓其"词多慷慨,乖远玄宗""坎壈咏怀,非列仙之趣"。李善亦谓其"文多自叙",未能"餐霞倒景",锱铢尘网,见非前识,良匪无以。质诸弘农,窃恐哑然。……何焯谓景纯《游仙》之什,即屈子《远游》之思,殆知言乎!

9.（清）刘熙载《艺概·诗概》：嵇叔夜、郭景纯皆亮节之士,虽《秋胡行》贵玄默之致,《游仙诗》假栖遁之言,而激烈悲愤,自在言外,乃知识曲宜听其真也。

陶渊明诗·十四首

陶渊明，晋宋之交著名的文学家。历代学者对其卒年元嘉四年（427）无疑义，然对其生年有主352年、365年、369年等不同意见。其名、字亦有纷论。一般通行的说法是名渊明，字元亮；另一说名潜，字渊明。近人高步瀛曾考证"渊明""潜"皆为陶氏名，而只有一字"元亮"（高步瀛《南北朝文举要》）。浔阳柴桑（今江西九江）人，自号五柳先生，私谥"靖节"，故世称靖节先生。又曾为彭泽令，故亦称"陶令"。晋孝武帝太元十八年（393），为江州祭酒。后曾任荆州刺史桓玄僚属，丁母忧而归。元兴三年（404），刘裕等讨伐桓玄，陶氏入刘裕幕任镇军参军，旋入刘敬宣幕为建威参军。义熙元年担任彭泽令，不久辞归。

今存陶渊明诗一百二十五首，辞赋、散文计有十二篇。其诗多描写田园风光和农村日常，抒发自己安贫乐道、厌弃官场、卓然自我的情怀，故被称为"古今隐逸诗人之宗"。其诗文风格平淡，语言自然，感情蕴藉，对后世如苏轼等之创作影响甚大。

梁昭明太子萧统曾编其集,已佚。今存宋人重编本。自宋至今,代有注陶者。最早为宋汤汉《陶靖节诗注》。清人陶澍,近人古直,今人王瑶、逯钦立、龚斌等皆有笺注。

形影神[①]三首并序

贵贱贤愚,莫不营营以惜生[②],斯甚惑焉。故极陈形影之苦,言神辨自然以释之。好事君子,共取其心焉。

形赠影

天地长不没,山川无改时。草木得常理[③],霜露荣悴之[④]。谓人最灵智[⑤],独复不如兹。适见在世中,奄去靡归期。奚觉无一人,亲识岂相思?但余平生物,举目情凄洏[⑥]。我无腾化[⑦]术,必尔不复疑。愿君取吾言,得酒莫苟辞。

选自上海古籍出版社龚斌校笺本《陶渊明集校笺》卷之二

【注释】

①形影神:指人的形体、影子和精神。古人常以形、影、神来讨论哲学问题。此三首诗乃有感于僧慧远《形尽神不灭论》《万佛影铭》而发,也含有对道教长生不老之说的批判。这三首诗是我们认识陶渊明的自然哲学和人生哲学最重要的作品。

②莫不营营以惜生:营营,营求不已。此句典出《列子·天瑞篇》:"吾又安知营营而求生非惑乎?"惜生,既可理解为养形,也可理解为求名。叶梦得《玉涧杂书》云:"形累于养而欲

饮,影役于名而求善,皆惜生之弊也。"此说是。

③常理:实物变化的自然规律。王羲之《杂帖》:"岂可以常理待之。"

④霜露荣悴之:草木承露而荣,经霜而悴。悴,同"瘁",伤。郦炎《见志》:"秋兰荣何晚,严霜悴其柯。"潘岳《秋兴赋》:"虽末士之荣悴兮,伊人情之美恶。"庾阐《闲居赋》:"荣悴靡期。"

⑤谓人最灵智:《列子·杨朱篇》:"人肖天地之类,怀五常之性,有生之最灵者也。"

⑥洏:音而,流涕貌。王粲《赠蔡子笃》:"中心孔悼,涕泪涟洏。"

⑦腾化:飞升成仙。

【汇评】

1.(清)陈祚明《采菽堂古诗选》卷十三:先作放达语,语皆生动。

2.(清)何焯《义门读书记》卷五十:此篇言百年忽过,形与草木同腐,此形必不可恃,尚及时行乐。下篇反其意,不如立善也。

3.(清)温汝能《陶诗汇评》卷二:起势警辟,以下一直接写,机趣洋溢,绝不着力。杨龟山谓渊明诗所不可及者,冲澹深粹,出于自然。良不虚也。

影答形

存生①不可言,卫生②每苦拙。诚愿游昆华③,邈然④兹道绝。与子相遇来,未尝异悲悦⑤。憩荫⑥若暂乖⑦,止日终不别。此同既难常⑧,黯尔俱时灭⑨。身没名亦尽⑩,念之五情⑪热。立善有遗爱⑫,胡为不自竭?酒云能消忧⑬,方⑭此讵不劣!

【注释】

①存生:保存、维系生命。《庄子·达生》:"世之人以为养形足以存生,而养形果不足以存生,则世奚足为哉!"

②卫生:保护形体。《庄子·庚桑楚》:"趎愿闻卫生之经而已矣。"

③昆华:昆仑山和华山。学道成仙之地。

④邈然:渺茫。

⑤悲悦:悲伤、欢悦。黄文焕《陶诗析疑》卷二解释这两句说:"形笑影亦笑,形哭影亦哭,悲悦二字善状。"此说是。

⑥憩荫:荫,一作"阴"。指在树荫下休息。

⑦乖:离。

⑧此同既难常:指形既然必定消灭,那么形影"止日终不别"的关系也难长久。

⑨俱时灭:指形影一起消失。《淮南子·俶真训》高诱注曰:"道家养形养神,皆以寿终,形神俱没。"

⑩身没名亦尽:典出《论语·卫灵公》:"君子疾没世而名不称焉。"

⑪五情:指喜、怒、哀、乐、怨。泛指人的感情。《文选·曹

植〈上责躬应诏诗表〉》:"形影相吊,五情愧赧。"刘良注:"五情,喜、怒、哀、乐、怨。"亦泛指人的情感。

⑫遗爱:留恩惠于后世。《左传·昭公二十年》:"及子产卒,仲尼闻之,出涕曰:'古之遗爱也。'"

⑬酒云能消忧:此句为"云酒能消忧"之倒装。曹操《短歌行》:"何以解忧?唯有杜康。"

⑭方:对比。

【汇评】

1. (清)陈祚明《采菽堂古诗选》卷十三:以正论相格。

又曰:"与子"四句,写形影相依,有致。

2. (清)方宗诚《陶诗真诠》:陶公以酒名,或以酒人目之,亦非也。玩《影答形》诗有曰:"立善有遗爱,胡为不自竭?酒云能消忧,方此讵不劣!"足知其志不在酒矣。

3. 陈寅恪《陶渊明之思想与清谈之关系》:此托为主张名教者之言,盖长生既不可得,则唯有立名即立善可以不朽,所以期精神上之长生,此正周、孔名教之义,与道家自然之旨迥殊,何曾、乐广所以深恶及非笑阮籍、王澄、胡毋辅之辈也。

神释

大钧①无私力,万理自森著②。人为三才③中,岂不以我④故。与君⑤虽异物,生而相依附。结托善恶⑥同,安得不相语。三皇⑦大圣人,今复在何处?彭祖爱永年⑧,欲留不得住。老少同一死⑨,贤愚无复数。日醉或能忘,将⑩非促龄具⑪?立善常所欣,谁当为汝誉?甚念伤吾生,正宜委运⑫去。纵浪大化⑬中,不喜亦不惧。应尽⑭便须尽,无复独多虑。

【注释】

①大钧:指天地造化。贾谊《鵩鸟赋》:"大钧播物。"如淳注:"陶者作器于钧上。此以造化为大钧也。"颜师古注曰:"今造瓦者谓所转者为钧,言造化为人,亦犹陶之造瓦耳。"

②万理自森著:万理,犹万事万物;森著,犹森罗,繁盛罗列。

③三才:三才指天、地、人。《易·说卦传》:"是以立天之道,曰阴与阳;立地之道,曰柔与刚;立人之道,曰仁与义。兼三才而两之,故《易》六画而成卦。"

④我:指神。

⑤君:指形和影。

⑥善恶:一作"既喜"。

⑦三皇:传说中的三个帝王,但众说不一。如《尚书大传》以燧人、伏羲、神农为"三皇",《风俗通义》《白虎通义》等持此说。《史记·秦始皇本纪》以天皇、地皇、泰皇为三皇。《帝王世纪》以伏羲、神农、黄帝为三皇。《通鉴外纪》又以伏羲、神农、共工为三皇。

⑧彭祖爱永年:彭祖,古代传说中高寿之人。《列仙传》载:"彭祖,讳铿,帝颛顼玄孙,至殷之末世,年已七百余岁而不衰。少好恬静,惟以养神治世为事。王闻之以为大夫,称疾不与政,专善于补导之术。"爱永年,爱一作"寿",或作"受"。《楚辞·天问》:"彭铿斟雉,帝何飨?"王逸注:"彭铿,彭祖也,

至八百岁，犹自悔不寿。"

⑨同一死：《列子·杨朱篇》载杨朱曰："万物所异者生也，所同者死也。生则有贤愚、贵贱，是所异也；死则有臭腐、消灭，是所同也。"

⑩将：发语词。

⑪促龄具：促龄，指催人短寿；具，指酒。

⑫委运：顺应自然。

⑬大化：指宇宙及自然之变化。

⑭尽：终。

【汇评】

1.（宋）罗大经《鹤林玉露》：陶渊明《神释形影》诗曰："大钧无私力，万理自森著。人为三才中，岂不以我故。"我，神自谓也。人与天地并立，而为三才，以此心之神也；若块然血肉，岂足以并天地哉！末云："纵浪大化中，不喜亦不惧。应尽便须尽，无复独多虑。"乃是不以死生祸福动其心，泰然委顺养神之道。渊明可谓知道之士矣。

2.（宋）陈仁子《文选补遗》卷三十六：生必有死，唯立善可以有遗爱，人胡为不自竭于为善乎？谓酒能消忧，比之此更为劣尔。观渊明此语，便是孔子朝闻道夕死，孟子修身俟命之意，与无见于道，留连光景以酒消遣者异矣。

3.（明）黄文焕《陶诗析义》卷二引沃仪仲曰：晋人喜放达，立善两字，重复提醒，足为名教干城。若徒以纵酒风味见诩，恐竹林七贤，尚与五柳先生同床异梦。

4.（清）吴瞻泰《陶诗汇注》卷二："委运"二字，是三篇结穴,"纵浪"四句,正写委运之妙归于自然。

5.(清)陈祚明《采菽堂古诗选》卷十三:末乃归之冥无,渐引而深,章法条次。

又曰:如此理语,矫健不同宋人。公固从汉调中脱化而出,作理语必琢令健,乃不卑。

6.(清)何焯《义门读书记》卷五十:此篇言纵欲足以伐生,求名犹为愿外,但委运以全吾神,则死而不亡,与天地俱永也。

7.(清)马墣《陶诗本义》卷二:渊明一生之心寓于《形影神》三诗之内,而迄莫有知之者,可叹也。又:其中得酒、立善、委运三层,唯一立善而已。

8.(清)方东树《昭昧詹言》卷四:《形》《影》《神》三诗,用《庄子》之理,见人生贤愚、贵贱、穷通、寿夭,莫非天定。人当委运任化,无为欣戚喜惧于其中,以作庸人无益之扰。即有意于醉酒立善,皆非达道之自然。后来佛学,实地如是。此诚足解拘牵役形之累,然似不如屈子《九歌·司命》之有下落。至于康乐,见亦如此,而一归之于寄情山水,尤为没下梢。于圣人大中至正尽人理之学,皆未有达。此洛、闽以前人,其学识到此而止。由今观之,杜公悲天悯人,忠君爱国,而不责子之贤愚,其识抱较陶公更笃实正大也。记此与后之知道者详之。

9.陈寅恪《陶渊明之思想与清谈之关系》:渊明之思想为承袭魏晋清谈演变之结果及依据其家世信仰道教之自然说而创改之新自然说。唯其为主自然说者,故非名教说,并以自然与名教不相同。但其非名教之意仅限于不与当时政治势力合作,而不似阮籍、刘伶辈之佯狂任诞。盖主新自然说者不须如主旧自然说之积极抵触名教也。又新自然说不似旧自然说之养此有形之生命，或别学神仙，唯求融合精神于运化之中，则与大自然为一体。因其如此，既无旧自然说形骸物质之滞累，自不致与周孔入世之名教说有所触碍。故渊明之为人实外儒而内道，舍释迦而宗天师者也。推其造诣所极，殆与千年后之道教采取禅宗学说以改进其教义者，颇有近似之处。然则就其旧义革新，"孤明先发"而论，实为吾国中古时代之大思想家，岂仅文学品节居古今之第一流，为世所共知者而已哉！

归园田居五首

其一

少无适俗韵①，性本爱丘山。误落尘网②中，一去三十年③。羁鸟恋旧林，池鱼思故渊④。开荒南野际，守拙⑤归园田。方宅十余亩，草屋八九间。榆柳荫后檐，桃李罗堂前。暧暧⑥远人村，依依⑦墟里⑧烟。狗吠深巷中，鸡鸣桑树颠⑨。户庭无尘杂，虚室⑩有余闲。久在樊笼里，复得返自然。

选自上海古籍出版社龚斌校笺本《陶渊明集校笺》卷之二

【注释】

①韵：气韵，性情，风度。郗超《答谢安》："我虽异韵，及尔同玄。"王羲之《又与谢万书》："以君迈往不屑之韵，而俯同群辟。"谢混《诫族子》："康乐诞通度，实有名家韵。"

②尘网：指仕途。

③三十年：当作"已十年"，"三"为"已"之讹。陶渊明《杂诗》其十："荏苒经十载，暂为人所羁。"由此可推断陶渊明在仕途十年。

④"羁鸟"二句：潘岳《秋兴赋》："譬犹池鱼笼鸟，有江湖山薮之思。"陆机《赠从兄车骑》："孤兽思故薮，离鸟悲旧林。"

⑤守拙：清贫自守，不与世俗相争。

⑥暧暧：屈原《离骚》："时暧暧其将罢兮。"王逸注："暧暧，昏昧貌。"陶渊明《咏贫士》其一："暧暧空中灭，何时见余晖。"

⑦依依：依稀可辨貌。

⑧墟里：村落。

⑨"狗吠"二句：吴师道《吴礼部诗话》："《古鸡鸣行》：'鸡鸣高树巅，狗吠深巷中。'陶公全用其语。"

⑩虚室：空室。《庄子·人间世》："虚室生白。"

【汇评】

1.（宋）惠洪《冷斋夜话》卷一：东坡尝曰：渊明诗初看若散缓，熟视有奇句。如曰：……"霭霭远人村，依依墟里烟。犬吠深巷中，鸡鸣桑树巅。"大率才高意远，则所寓得其妙，造语精到之至，遂能如此。似大匠运斤，不见斧凿之痕。不知者疲精力，至死不知悟，而俗人亦谓之佳。

2.（清）陈祚明《采菽堂古诗选》卷十三："误落"二语，率。

又曰："暧暧""依依"，景色生动。

3.（清）方东树《昭昧詹言》卷四：此诗纵横浩荡，汪茫溢满，而元气旁（磅）礴。大舍细入，精气入而粗秽除。奄有汉魏，包孕众胜，后来惟杜公有之。韩公较之，犹觉圭角镌落，其余不足论也。

"少无适俗"八句，当一篇大序文，而气势浩迈，跌宕飞动，顿挫沉郁。"羁鸟"二句，于大气驰纵之中，回鞭弹鞚，顾盼回旋，所谓顿挫也。"方宅"十句，不过写田园耳，而笔势骞举，情景即目，得一幅画意。而音节铿锵，措辞秀韵，均非尘世吃烟火食人语。"久在"二句接起处，换笔另收。

其二

野外罕人事①，穷巷寡轮鞅②。白日掩荆扉，虚室绝尘想③。时复墟曲④中，披草⑤共来往。相见无杂言，但道桑麻长。桑麻日已长，我土日已广。常恐霜霰至，零落同草莽。

【注释】

①人事：与人交通，俗事。《后汉书·贾逵传》："此子无人事于外。"李贤注："无人事，谓不广交通也。"《后汉书·李固传》："杜门不交人事。"陶渊明《归去来兮辞》："尝从人事，皆口腹自役。"

②轮鞅：轮，指车马；鞅，指驾车用的皮带。轮鞅代指车马。

③尘想：世俗杂念。

④墟曲：同"墟里"。

⑤披草：拨草。意谓拨开草而行走。《史记·五帝本纪》："披山通道。"司马贞《索隐》曰："谓披山林草木而行以通道也。"

【汇评】

1.（清）王夫之《古诗评选》卷四：得后四句，乃引人著胜地。钟嵘目陶诗"出于应璩"，为"古今隐逸诗人之宗"，论者不以为然。自非沉酣六义，宜不知此语之确也。平淡之于诗，自为一体。平者，取势不杂；淡者，遣意不烦之谓也。陶诗于此固多得之，然亦岂独陶诗为尔哉？若以近俚为平，无味为淡，唐之元、白，宋之欧、梅，据此以为胜场，而一行欲了，引之使长，精意欲来，去之若鹜，乃以取适老妪，见称蛮夷，自相张大，则亦不知曝背之非暖而欲献之也。

2.（清）陈祚明《采菽堂古诗选》卷十三：淡永，有《十九首》风度。

其三

种豆南山下，草盛豆苗稀①。晨兴②理荒秽，带月荷锄归③。道狭草木长，夕露沾我衣④。衣沾不足惜，但使愿无违。

【注释】

①"种豆"二句：《汉书·杨恽传》："田彼南山，芜秽不治。种一顷豆，落而为萁。"从后一句"晨兴理荒秽"来看，陶诗此处所写与《杨恽传》大体一致。然陶诗乃实写，而非运典。南山，即"悠然见南山"之"南山"。

②晨兴：晨起。《汉书·董仲舒传》："夙寐晨兴，忧劳万民。"蔡邕《蝉赋》："秋风肃以晨兴。"袁弘《北征赋》："劲风晨兴。"

③带月荷锄归：傍晚在月光的照耀下扛着锄头回家。

④夕露沾我衣：《文选·王粲〈从军诗〉》："草露沾我衣。"

【汇评】

1. （明）钟惺、谭元春《古诗归》卷九：幽厚之气，有似乐府。储、王田园诗妙处出此。浩然非不近陶，而似不能为此一派，曰清而微逊其朴。

2. （清）陈祚明《采菽堂古诗选》卷十三："晨兴"四句，风度依依。

3. （清）温汝能《陶诗汇评》卷二："带月"句，真而警，可谓诗中有画。

其四

久去①山泽游，浪莽②林野娱。试携子侄辈，披榛③步荒墟。徘徊丘垄④间，依依昔人居。井灶有遗处，桑竹残⑤朽株。借问采薪者，此人皆焉如⑥？薪者向我言，死殁无复余。一世异朝市⑦，此语真不虚！人生似幻化⑧，终当归空无⑨。

【注释】

①去：离开。

②浪莽：广大无边貌。

③披榛：拨开丛木。《文选·赵至〈与嵇茂齐书〉》："披榛

觅路。"《文选·孙绰〈游天台山赋〉》:"披荒榛之蒙茏。"李善注:"高诱《淮南子注》曰:'丛木曰榛。'"

④丘陇:墓地。孙绰《聘士徐君墓颂》:"徘徊墟垅。"陶渊明《杂诗》其四:"百年归丘垄。"

⑤残:余,剩下。

⑥焉如:即如焉,去哪里。《文选·向秀〈思旧赋〉》:"形神逝其焉如。"

⑦一世异朝市:三十年为一世,这里是虚指。朝市,也作"市朝",居民聚居之地。《文选·谢朓〈和伏武昌登孙权故城〉》李善注曰:"《古出夏门行》曰:'市朝易人,千载墓平。'"

⑧人生似幻化:人生如幻现变化,变化无常。《列子·周穆王篇》载:"老成子学幻于尹文先生,三年不告。老成子请其过而求退。尹文先生揖而进之于室。屏左右而与之言曰:'昔老聃之徂西也,顾而告予曰:有生之气,有形之状,尽幻也。造化之所始,阴阳之所变者,谓之生,谓之死。穷数达变,因形移易者,谓之化,谓之幻。……知幻化之不异生死也,始可与学幻矣。吾与汝亦幻也,奚须学哉?'"

⑨空无:空无乃佛家语,意指灭寂。支遁《咏怀》:"廓矣千载事,消液归空无。"按,有人据此二句判断陶渊明精于佛理,实乃武断。陶氏与释慧远等相交通,时东晋佛教盛行,故陶诗偶采佛家语很正常。

【汇评】

1.(清)邱嘉穗《东山草堂陶诗笺》卷二:前言桑麻与豆,此则耕种之余暇,凭吊故墟,而叹其终归于尽。"人生似幻化"二句真可谓知天地之化育者，与远公白莲社人见识相去何啻霄壤！

2. （清）陈祚明《采菽堂古诗选》卷十三："人生"句，率达者之言，终不以语率为累。

3. （清）方东树《昭昧詹言》卷四：此又追叙今昔，是题中"归"字汁浆。前半叙事。"一世"四句，论叹作收，此章法同一篇文字也。鲍《代东武吟》《结客少年场》，皆同此境。但鲍说他人，仍客气假象，无真意动人。唯杜公《草堂》《四松》等，乃与陶继其声耳。韩《城南联句》中有一段，亦同此境。

其五

怅恨独策①还，崎岖历榛曲②。山涧清且浅，可以濯吾足③。漉④我新熟酒，只鸡招近局⑤。日入室中暗⑥，荆薪代明烛。欢来苦夕短，已复至天旭⑦。

【注释】

①策：扶杖。

②曲：偏僻之地。

③"山涧"二句：佚名《渔父》："沧浪之水清兮，可以濯吾缨；沧浪之水浊兮，可以濯吾足。"陶诗此二句化于此。

④漉：液体滴沥貌。

⑤近局：近邻。

⑥暗：黑暗。

⑦天旭：天亮。

【汇评】

1.（清）邱嘉穗《东山草堂陶诗笺》卷二：前首悲死者，此首念生者，以死者不复还，而生者可共乐也。故耕种而还，濯足才罢，即以斗酒只鸡，招客为长夜饮也。

2.（清）孙人龙《陶公诗评注初学读本》卷一：田家真景，令人悠然。

3.（清）陈祚明《采菽堂古诗选》卷十三："荆薪代烛"，真致旷然。

4.（清）沈德潜《古诗源》卷八：储、王极力拟之，然终似微隔，厚处朴处，不等到也。

5.（清）方东树《昭昧詹言》卷四：此首言还，不特章法完整，直是一幅画图，一篇记序。余尝言《诗》"采采芣苢"，只换数字，而备成一幅画图，言外又见圣世风俗，太平欢乐之象，真非晚周以下文字所能及。……此五诗衣被后来，各大家无不受其孕育者，当与《三百篇》同为经，岂徒诗人云尔哉！

6.（近代）梁启超《陶渊明之文艺及品格》：《归园田居》只是把他的实历感写出来，便成为最亲切有味之文。

游斜川①并序

辛丑正月五日②，天气澄和③，风物④闲美，与二三邻曲，同游斜川。临长流，望曾城⑤，鲂鲤跃鳞⑥于将夕，水鸥乘和以翻飞。彼南阜⑦者，名实旧矣，不复乃为嗟叹。若夫曾城，傍无依接，独秀中皋，遥想灵山，有爱嘉名。欣对不足，率尔赋诗。悲日月之遂往，悼吾年之不留。各疏年纪乡里，以记其时日。

开岁⑧倐五日，吾生行归休⑨。念之动中怀，及辰为兹游。气和天惟澄，班坐⑩依远流。弱湍⑪驰文鲂⑫，闲谷⑬矫鸣鸥。迥泽散游目⑭，缅然⑮睇曾丘。虽微⑯九重秀，顾瞻无匹俦⑰。提壶接宾侣，引满⑱更献酬。未知从今去，当复如此不？中觞⑲纵遥情，忘彼千载忧。且极今朝乐，明日非所求⑳。

选自上海古籍出版社龚斌校笺本《陶渊明集校笺》卷之二

【注释】

①斜川：具体地理位置不详。明骆庭芝《斜川辨》认为斜川近彭蠡湖；清张玉穀谓斜川在南康府；今人龚斌认为疑斜川在庐山北。

②辛丑正月五日：此句异文较多。辛丑有作辛酉、乙丑、辛亥等。依龚斌校笺，作辛丑正月五日。

③澄和：澄明和煦。

④风物：风光景物。殷仲文《南州桓公九井作》云："景气多明远，风物自凄紧。"

⑤曾城：山名。具体地理位置难详。毛德琦《庐山志》《读史方舆纪要》卷八十四、同治《星子县志》皆云："曾城山，在县西五里，一名乌石山。"

⑥鲂鲤跃鳞：泛指鱼类。潘岳《西征赋》云："华鲂跃鳞，素鳢扬鬐。"

⑦南阜：指庐山。

⑧开岁：犹始岁、始春。《后汉书·冯衍传》："开岁发春兮，

百卉含英。"李贤注云："开、发，皆始也。"

⑨归休：指死亡。《庄子·田子方》："生有所乎萌，死有所乎归。"《庄子·刻意》："其生若浮，其死若休。"《淮南子·精神训》："生，寄也；死，归也。"《淮南子·俶真训》："逸我以老，休我以死。"

⑩班坐：依次而坐。《后汉书·来歙传》载："于是置酒高会，劳赐歙，班坐绝席，在诸将之右。"

⑪弱湍：舒缓的水流。

⑫文魴：魴是鱼，文魴即有花纹的魴鱼。

⑬闲谷：空谷，幽静的山谷。

⑭游目：目光流观四方。屈原《离骚》："忽反顾以游目兮，将往观乎四方。"王羲之《兰亭集序》："所以游目骋怀，足以极视听之娱。"

⑮缅然：沉思貌。《国语·楚语上》："缅然引领南望。"

⑯微：无。《论语·宪问》："微管仲，吾其被发左衽矣。"何晏集解曰："微，无也。"

⑰匹俦：匹敌。

⑱引满：斟满而引。王羲之《与谢万书》："衔杯引满。"

⑲中觞：犹中酒。饮酒微醺半酣的状态。《汉书·樊哙传》："项羽既飨军士，中酒。"颜师古注曰："饮酒之中也，不醉不醒，故谓之中。"

⑳且极今朝乐，明日非所求：何晏《言志诗》："且以乐今日，其后非所知。"

【汇评】

1.（清）陈祚明《采菽堂古诗选》卷十三：选字命语，自是晋人。后段清旨旷远。

2.（清）方宗诚《陶诗真诠》："气和"八句，练字自然，写景如画。收四句"中觞纵遥情，忘彼千载忧。且极今朝乐，明日非所求"，全是素位而行、不愿乎外之意，不可误会为旷达已也。

3.［日］近藤元粹评订《陶渊明集》卷三：彭泽虽承汉、魏骨法，至夫叙实情有从容深远之妙，则前后无匹俦矣！后来独有老杜学得焉，盖陶、杜情怀相似乎？

庚戌岁九月中于西田①获早稻

人生归有道②，衣食固其端。孰是③都不营，而以求自安。开春理常业④，岁功⑤聊可观。晨出肆⑥微勤，日入负耒⑦还。山中饶⑧霜露，风气亦先寒。田家岂不苦？弗获辞此⑨难。四体⑩诚乃疲，庶无异患干⑪。盥濯息檐下，斗酒散⑫襟颜⑬。遥遥沮溺⑭心，千载乃相关⑮。但愿常如此，躬耕非所叹。

选自上海古籍出版社龚斌校笺本《陶渊明集校笺》卷之三

【注释】

①西田：即《归去来兮辞》"将有事于西畴"之"西畴"，在上京山附近。

②有道：道指规律、法则。《庄子·在宥》："何谓道？有天道，有人道。无为而尊者，天道也；有为而累者，人道也。"此

处所谓"道"近于庄子之"人道"。

③是：此，前所谓"衣食"。

④常业：日常事务，此指农务。

⑤岁功：一年农务所获。

⑥肆：《尔雅·释言》："肆，力也。"《文选·张衡〈东京赋〉》："瞻仰二祖，厥庸孔肆。"李善注："（薛）综曰：肆，勤也。"

⑦耒：耕地用的农具。

⑧饶：多。

⑨此：指农务。

⑩四体：四肢。《论语·微子》："四体不勤，五谷不分。"

⑪异患干：异患，意外的祸患；干，干犯。

⑫散：放松。

⑬襟颜：襟怀和容颜。此为偏义复词，偏指襟。

⑭沮溺：长沮、桀溺，古时隐居躬耕者。

⑮关：关联。

【汇评】

1.（元）李公焕《笺注陶渊明集》卷三引思悦曰：观此诗知靖节既休居，惟躬耕自资，故萧德施曰："安道苦节，不以躬耕为耻。"

2.（清）方宗诚《陶诗真诠》：陶公高于老、庄，在不废人事人理，不离人情，只是志趣高远，能超然于境域形骸之上耳。

3.（清）邱嘉穗《东山草堂陶诗笺》卷三：陶公诗多转势，或数句一转，或一句一转，所以为佳。余最爱"田家岂不苦"四句,逐句作转。其他推类求之,靡篇不有。此萧统所谓"抑扬爽朗,莫之与京"也。他人不知文字之妙全在曲折,而顾为平铺直叙之章,非赘则复矣。

4.(清)沈德潜《古诗源》卷九:《移居》诗曰:"衣食终须纪,力耕不吾欺。"此云"人生归有道,衣食固其端",又云"贫居依稼穑",自勉勉人,每在耕稼,陶公异于晋人如此。

杂诗十二首其一

人生无根蒂,飘如陌上尘①。分散逐风转,此已非常身②。落地为兄弟,何必骨肉亲③!得欢当作乐,斗酒聚比邻。盛年不重来,一日难再晨④。及时当勉励,岁月不待人。

选自上海古籍出版社龚斌校笺本《陶渊明集校笺》卷之四

【注释】

①"人生"二句:形容人生短暂。句式、思想皆如《古诗十九首·今日良宴会》:"人生寄一世,奄忽若飙尘。"曹植《薤露行》:"人居一世间,忽若风吹尘。"

②"分散"二句:人生如尘飘转,此时已非旧时之身。《庄子·大宗师》郭象注:"故向者之我,非复今我也。我与今俱往,岂常守故我。"陶诗此二句类郭象之意。

③"落地"二句:《论语·颜渊》:"四海之内皆兄弟也。"旧题苏武诗:"骨肉缘枝叶,结交亦相因。四海皆兄弟,谁为行路人?"

④"盛年"二句:吴质《答魏太子笺》:"盛年一过,实不

可追。"阮籍《咏怀八十二首》其三十二:"朝阳不再盛,白日忽西幽。"

【汇评】

1. (清)马璞《陶诗本义》卷四:谓人当及时行乐。

2. (清)陈祚明《采菽堂古诗选》卷十四:兄弟矣,奈何又非骨肉亲,将固不指兄弟。"盛年"二句,《十九首》岂能过之!

拟古九首①其七

日暮天无云,春风扇微和。佳人美②清夜,达曙③酣且歌。歌竟长叹息,持此④感人多。皎皎云间月,灼灼⑤叶中华。岂无一时好,不久当如何?

选自上海古籍出版社龚斌校笺本《陶渊明集校笺》卷之四

【注释】

①此组诗作于晋宋易代之后。

②美:喜爱。

③达曙:直到天明。

④此:佳人所唱之歌。

⑤灼灼:鲜明貌。《诗·周南·桃夭》:"桃之夭夭,灼灼其华。"

【汇评】

1. (南朝)钟嵘《诗品》卷中:世叹其(按渊明)质直。至如"欢言酌春酒""日暮天无云",风华清靡,岂直为田家语邪?古今隐逸诗人之宗也。

2.(元)刘履《选诗补注》卷五:凡靖节退休后所作之诗,类多悼国伤时托讽之词,然不欲显斥,故以《拟古》《杂诗》等目名其题云。

3.(明)许学夷《诗源辩体》卷六:靖节《拟古》九首,略借引喻,而实写己怀,绝无摹拟之迹,非其识见超越、才力有余,不克至此。后人学陶者,于其平直处仅得一二,至此百不得一矣。

又曰:先儒谓靖节退归后所作,多悼国伤时托讽之语,然不欲显斥,故以《拟古》等目名其题云。愚按:此论靖节甚当,不然,则靖节亦有意与作者争衡耳。且如士衡诸公《拟古》,皆各有所拟;靖节《拟古》,何尝有所拟哉?斯可见矣。

又曰:靖节诗,唯《拟古》及《述酒》一篇中有悼国伤时之语,其他不过写其常情耳,未尝沾沾以忠悃自居也。

4.(清)邱嘉穗《东山草堂陶诗笺》卷四:此诗微讽宴乐逸游之不可久。

5.(清)温汝能《陶诗汇评》卷四:《拟古》九首大抵遭逢易代,感世事之多变,叹交情之不终,抚时度势,实所难言,追昔伤今,唯发诸慨,在陶集中意义固甚明者。

6.(清)方东树《昭昧詹言》卷四:清韵!情景交融,盛唐人所自出。

读《山海经》①十三首其一

孟夏草木长,绕屋树扶疏②。众鸟欣有托,吾亦爱吾庐。既耕亦已种,时还读我书。穷巷隔深辙,颇回故人车③。欢然酌春酒④,摘我园中蔬。微雨从东来,好风与之俱。泛览《周王传》⑤,流观《山海图》⑥。俯仰终宇宙,不乐复何如?

选自上海古籍出版社龚斌校笺本《陶渊明集校笺》卷之四

【注释】

①《山海经》:记录古代山川地理人物、神化传说之奇书。现存十八篇,其中《山经》分为《南山经》《西山经》《北山经》《东山经》《中山经》五个部分;《海经》分为《海外经》《海内经》《大荒经》三大部分。举凡古代的山川、道里、民族、物产、药物、祭祀、巫医等都包括其中。流传至今的夸父逐日、女娲补天、精卫填海、大禹治水等神话传说也出自此书。从诗中"泛览《周王传》,流观《山海图》"来推断,陶氏所读当为具有《穆天子传》及郭璞图赞本《山海经》。

②扶疏:树叶繁茂状。

③"穷巷"二句:因陶氏居处偏僻,路况复杂,致使车辙深陷,故人回车。《文选》李善注引《汉书》:"张负随陈平至其家,乃负郭穷巷,以席为门,门外多长者车辙。"又引《韩诗外传》:"楚狂接舆妻曰:'门外车辙何其深。'"按,陶诗此二句与其《饮酒》其五"结庐在人境,而无车马喧"意同。

④春酒:《诗·豳风·七月》:"为此春酒,以介眉寿。"《文选·张衡〈东京赋〉》:"因休力以息勤,致懽忻于春酒。"李善

163

注:"春酒,谓春时作,至冬始熟也。"

⑤《周王传》:周王即周穆王,《周王传》即《穆天子传》。西晋太康二年(281),汲郡人不准盗发魏襄王(亦称安釐王)墓,掘得竹书数十车。其中便有《穆天子传》五篇,记载周穆王驾八骏云游四海之事。

⑥《山海图》:《山海经图》。毕沅《山海经古今本篇目考》:"《山海经》有古图,有汉所传图,有梁张僧繇等图。十三篇中,《海外》《海内》经所说之图当是禹鼎也。《大荒经》已下五篇所说之图当是汉时所传之图也。"又"郭璞及张骏有图赞,陶潜诗云'流观《山海图》'。"

【汇评】

1.(元)刘履《选诗补注》卷五:此诗凡十三首,皆记二书所载事物之异。而此发端一篇,特以写幽居自得之趣耳。观其"众鸟有托""吾爱吾庐"等语,隐然有万物各得其所之妙,则其俯仰宇宙,而为乐可知矣。

2.(清)王夫之《古诗评选》卷四:此篇之佳,在尺幅平远,故托体大。如托体小者,虽有佳致,亦山人诗耳。"少无适俗韵""结庐在人境""万族各有托",不满余意者以此。"微雨从东来"二句,不但兴会佳绝,安顿尤好,若系之"吾亦爱吾庐"之下,正作两分两搭,局量狭小,虽佳亦不足存。

3.(清)陈祚明《采菽堂古诗选》卷十四:结语浩大,胸罗千古,调亦似《十九首》。

4.(清)温汝能《陶诗汇评》卷四:此篇是渊明偶有所得,自然流出,所谓不见斧凿痕也。大约诗之妙以自然为造极。陶诗率近自然，而此首更令人不可思议，神妙极矣。

5.（清）沈德潜《古诗源》卷九：观物观我，纯乎元气。

咏贫士七首①其一

万族各有托，孤云独无依②。暧暧空中灭，何时见余晖。朝霞开宿雾，众鸟相与飞③。迟迟出林翮，未夕复来归④。量力守故辙，岂不寒与饥？知音苟不存，已矣何所悲。

选自上海古籍出版社龚斌校笺本《陶渊明集校笺》卷之四

【注释】

①咏贫士七首：据逯钦立考证，此组诗作于元嘉三年（426）。

②孤云独无依：孤云，《文选》李善注："孤云，喻贫士也。"《古诗归》卷九载钟惺曰："'孤云独无依'，妙矣。老杜又曰'孤云亦群游'，古人妙想无穷如此。"

③"朝霞"二句：《文选》李善注："喻众人也。"元刘履《选诗补注》卷五曰："所谓朝霞开雾，喻朝廷之更新；众鸟群飞，比诸臣之趋附。"

④"迟迟"二句：当是追忆自己当年就辟镇军参军、建威参军及辞官彭泽令事。刘履《选诗补注》卷五曰："迟迟出林，未夕来归者，则又自况其审时出处，与众异趣也。"

【汇评】

1.（宋）汤汉注《陶靖节先生诗》卷四：孤云倦翮，以兴举世皆依乘风云，而己独无攀援飞翻之志。宁忍饥寒，以守志节，纵无知此意者，亦不足悲也。

2.（明）黄文焕《陶诗析意》卷四引沃仪仲曰：迟出早归，即从鸟上写出量力意，既似孤云之无依，当学飞鸟之自审。此真安贫法。

3.（清）吴瞻泰《陶诗汇注》卷四：前八句皆借云鸟起兴，而归之于自守。后四句出意一反一正，可称沉郁顿挫。

4.（清）何焯《义门读书记》卷五十：孤云自比其高洁。下六篇皆言圣贤唯能固穷，所以辉曜千载，迥立于万族之表，不可如世人之但见目前也。

咏贫士七首其五

袁安困积雪①，邈然②不可干③。阮公④见钱入，即日弃其官。刍藁有常温⑤，采莒⑥足朝餐。岂不实辛苦，所惧非饥寒。贫富常交战，道胜无戚颜⑦。至德冠邦闾，清节映西关⑧。

选自上海古籍出版社龚斌校笺本《陶渊明集校笺》卷之四

【注释】

①袁安困积雪：袁安，字邵公，东汉汝南妆阳（今河南商水西北）人。家甚贫。《后汉书·袁安传》注引《汝南先贤传》载：袁安客居洛阳时，值大雪，"洛阳令身出案行，见人家皆除雪出，有乞食者。至袁安门，无有行路。谓安已死，令人除雪入户，见安僵卧。问何以不出。安曰：'大雪人皆饿，不宜干人。'令以为贤，举为孝廉也"。

②邈然：高远貌。《三国志·魏书·钟会传》："邈然高蹈。"《三国志·吴书·步骘传》："邈然绝俗。"

③干：求取。

④阮公：不详何人。李华《陶渊明诗文注释考补》疑指为阮修，龚斌正其非。

⑤刍藁有常温：刍藁同"刍槁"，喂牲口的干草。古直注曰："《史记·秦始皇本纪》：'下调郡县，转输刍藁。'按，刍藁本供马食，而贫者藉之以眠，故曰有常温。"

⑥莒：音举，植物名。古代齐人称芋为莒。

⑦"贫富"二句：《韩非子·喻老篇》载："子夏曰：'吾入见先王之义，则荣之。出见富贵之乐，又荣之。两者战于胸中，未知胜负，故臞。今先王之义胜，故肥。'"

⑧西关：地名。逯钦立以为盖指阮公故里。最后两句一句写袁安，另一句写阮公，呼应开篇。

【汇评】

1.（清）何焯《义门读书记》卷五十：苟求富乐，则身败名辱，有甚于饥寒者，故不戚戚于贫贱，但恐修名之不立也。

2.（清）温汝能《陶诗汇评》卷四："道胜无戚颜"一语，是陶公真实本领，千古圣贤身处穷困而泰然自得者，皆以道胜也。颜子箪瓢陋巷，不改其乐，孔子以贤称之，论者谓厕陶公于孔门，当可与屡空之回同此真乐，信哉！

3.（清）沈德潜《古诗源》卷九："所惧非饥寒""所乐非穷通"（出陶渊明《咏贫士》其六），二语可书座右。

拟挽歌辞[1]三首其三

荒草何茫茫，白杨亦萧萧[2]。严霜九月中，送我出远郊。四面无人居，高坟正嶕峣[3]。马为仰天鸣，风为自萧条[4]。幽室[5]一已闭，千年不复朝[6]。千年不复朝，贤达无奈何。向来相送人，各自还其家。亲戚或余悲，他人亦已歌[7]。死去何所道，托体同山阿[8]。

选自上海古籍出版社龚斌校笺本《陶渊明集校笺》卷之四

【注释】

①拟挽歌辞：挽歌即葬歌，初为拖引灵车时所唱。至东汉时，士大夫宴会之余，亦有继之以挽歌者。魏晋时，写作和演唱挽歌乃名士间的一种风气，借以表达对人生、生死等问题的看法和态度。如曹操、曹植等皆有作。陶渊明此三首《拟挽歌辞》与其《自祭文》可同看，皆是其死前自挽之词。

②"荒草"二句：《文选》李善注："《古诗》：'四顾何茫茫，东风摇百草。'又曰：'白杨何萧萧，松柏夹广路。'"按：李善所引诗分别为《古诗十九首·回车驾言迈》《古诗十九首·驱车上东门》。

③嶕峣：音焦尧。高耸貌。

④"马为"二句：清吴淇《六朝选诗定论》卷十一曰："'马为'二句，写此幽室未闭之一刻。古人殉葬多用平生所乘马，马有觉，故为仰天而鸣，若有思主之意。风无知，与人无情，亦为萧条。"萧条，即风声。《文选·李陵〈答苏武书〉》："但闻悲风萧条之声。"

⑤幽室：墓穴。

⑥千年不复朝：《文选·古诗十九首·驱车上东门》："潜寐黄泉下，千载永不寤。"

⑦"亲戚"二句：《列子·仲尼》："隶人之生，隶人之死，众人且歌，众人且哭。"

⑧托体同山阿：山阿，指山陵。人死后寄身于山陵。曹植《野田黄雀行》："零落归山丘。"《文选·潘岳〈寡妇赋〉》："终归骨兮山足。"

【汇评】

1.（宋）胡仔《苕溪渔隐丛话》后集卷三：渊明自作挽辞，秦太虚亦效之。余谓渊明之辞了达，太虚之辞哀怨。

2.（清）陈祚明《采菽堂古诗选》卷十四：一气浏莅，《十九首》而外，在汉人亦不多得。又极似蔡中郎《青青河畔草》一篇，似以神，此固神到之笔也。"千年不复朝"叠一句，跌宕以振之，哀响之中发以壮调，然弥壮弥哀矣！"亲戚或余悲，他人亦已歌"，非《十九首》安得此名句。

3.（清）温汝能《陶诗汇评》卷四：三篇中末篇尤调高响绝，千百世下如闻其声，如见其情也。孙氏乃云只是浅语，但以自挽为奇。岂知以浅语写深思，更耐人咀味不尽尔。且叠句每易流于轻剽，看其"千年不复朝，贤达无奈何"二语，幽凄俯仰欲绝。周青轮（按清人，曾刻《陶渊明文集》）谓其叠语一句更惨，良然。

4.（清）沈德潜《古诗源》卷九：即所谓"万岁更相送，圣贤莫能度"也。音调弥响，哀思弥深。

5.（清）方东树《昭昧詹言》卷四：且叙且写，有画意。"幽室"八句入议论，真情真理。另收缓结。此诗气格笔势，横恣游行自在，与《三百篇》同旷，而又全具兴、观、群、怨，杜公且逊之。

6.（清）陈沆《诗比兴笺》卷二：读陶诗者有二弊。一则唯知《归园》《移居》及田间诗十数首，景物堪玩，意趣易明。至若《饮酒》《贫士》，便已罕寻；《拟古》《杂诗》，意更难测。徒以陶公为田舍之翁，闲适之祖。此一弊也。二则闻渊明耻事二姓，高尚羲皇，遂乃逐景寻响，望文生义。稍涉长林之想，便谓《采薇》之吟。岂知考其甲子，多在强仕之年。宁有未到义熙，预兴易代之感？至于《述酒》《述史》《读山海经》，木寄愤悲，翻谓恒语。此二弊也。宋王质、明潘璁均有渊明年谱，当并览之。俾知芟岁肥遁，匪关激成；老阅沧桑，别有怀抱。庶资论世之胸，而无害志之凿矣。

饮酒二十首[①]其五

结庐[②]在人境，而无车马喧。问君何能尔？心远地自偏[③]。采菊东篱下，悠然见南山[④]。山气日夕佳，飞鸟相与还。此中有真意[⑤]，欲辨已忘言[⑥]。

选自上海古籍出版社龚斌校笺本《陶渊明集校笺》卷之三

【注释】

①饮酒二十首：此组诗前有序称："余闲居寡欢，兼比夜已长，偶有名酒，无夕不饮。顾影独尽，忽焉复醉。既醉之后，辄

题数句自娱,纸墨遂多,辞无诠次。聊命故人书之,以为欢笑尔。"这组诗以饮酒为题,遣兴抒慨,是我们探析魏晋玄学对陶渊明影响的重要凭借。

②结庐:建造居室。《汉书·杨雄传》:"结以倚庐。"

③心远地自偏:内心所望渺远,则自然觉得住地偏僻。即不执着于外在形迹,而追求内心的超然无累。范正敏《遁斋闲览》载:"王荆公在金陵作诗,多用渊明诗中事,至有四韵诗全使渊明诗者。且言其诗有奇绝不可及之语,如'结庐在人境,而无车马喧。问君何能尔,心远地自偏',由诗人以来无此句也。然则渊明趋向不群,词彩精拔,晋、宋之间,一人而已。"

④"采菊"二句:句中"见"字尤为古人纷讼。曾集刻本《陶渊明集》、莫友芝题咸丰旌德李文韩刻汲古阁藏十卷本《陶渊明集》皆云"一作望",《文选》作"望"。然实应作"见"。苏轼《东坡题跋》卷二《题渊明饮酒诗后》:"'采菊东篱下,悠然见南山',因采菊而见山,境与意会,此句最有妙处。近岁俗本皆作'望南山',则此一篇神气都索然矣。"晁补之《鸡肋集》卷三十三《题陶渊明诗后》:"东坡云陶渊明意不在诗,诗以寄其意耳。'采菊东篱下,悠然见南山',则既采菊又望山,意尽于此,无余蕴矣,非渊明意也。'采菊东篱下,悠然见南山',则本自采菊,无意望山,适举首而见之,故悠然忘情,趣闲而累远,此未可于文字精粗间求之。"吴曾《能改斋漫录》卷三:"东坡以渊明'采菊东篱下,悠然见南山',无识者以'见'为'望',不啻碔砆之与美玉。然余观乐天《效渊明诗》有云:'时倾一尊酒,坐望东南山。'然则流俗之失久矣。唯韦苏州《答长安丞裴说》有云:'采菊露未晞,举头见秋山。'乃知真得渊明诗意,而东坡之

说为可信。"王国维《人间词话》载:"'采菊东篱下,悠然见南山',无我之境也。"由以上可知应为"见"。南山,指庐山。

⑤真意:委运自然之意趣。

⑥欲辨已忘言:《庄子·齐物论》:"辨也者,有不辨也。"又:"夫大道不称,大辨不言。"《庄子·外物》:"言者所以在意,得意而忘言。"《庄子·知北游》:"夫知者不言,言者不知,故圣人行不言之教。"

【汇评】

1.(宋)叶梦得《石林诗话》:晋人多言饮酒,有至沉醉者,此未必意真在酒。盖时方艰难,人各罹祸,惟托于醉,可以粗远世故。

2.(元)刘履《选诗补注》卷五:靖节退归之后,世变日甚,姑每得酒,饮必尽醉,赋诗以自娱。此昌黎韩氏所谓"有托而逃焉"者也。

3.(明)钟惺、谭元春《古诗归》卷九:妙在题是饮酒,只当感遇诗、杂诗,所以为远。

4.(清)王夫之《古诗评选》卷四:《饮酒二十首》,犹为泛滥。如此情至、理至、气至之作,定为杰作。世人不知其好也。

5.(清)王士禛《古学千金谱》:通章意在"心远"二字,真意在此,忘言亦在此。从古高人只是心无凝滞,空洞无涯,故所见高远,非一切名象之可障隔,又岂俗物之可妄干。有时而当静境,静也,即动境亦静。境有异而心无异者,远故也。心不滞物,在人境不虞其寂,逢车马不觉其喧。篱有菊则采之,采过则已,吾心无菊。忽悠然而见南山,日夕而见山气之佳,以悦鸟性，与之往还，山花人鸟，偶然相对，一片化机，天真自具，既无名象，不落言筌，其谁辨之？

6.（清）温汝能《陶诗汇评》卷三：渊明诗颇多高旷，此首尤为兴会独绝，境在寰中，神游象外，远矣。得力在起四句，奇绝妙绝，以下便可一直写去，有神无迹，都于此处领取，俗人反先赏其采菊数语，何也？至结二句则愈真愈远，语有尽而意无穷，所以为佳。

7.（清）沈德潜《古诗源》卷九：胸有元气，自然流出，稍着痕迹便失之。

乐府民歌·一首

西洲曲①

忆梅下②西洲，折梅寄江北。单衫杏子红③，双鬓鸦雏色④。西洲在何处？两桨桥头渡。日暮伯劳⑤飞，风吹乌臼⑥树。树下即门前，门中露翠钿⑦。开门郎不至，出门采红莲。采莲南塘秋，莲花过人头。低头弄莲子⑧，莲子清如水。置莲怀袖中，莲心⑨彻底红⑩。忆郎郎不至，仰首望飞鸿⑪。鸿飞满西洲，望郎上青楼⑫。楼高望不见，尽日栏杆头⑬。栏杆十二曲，垂手明⑭如玉。卷帘天自高，海水⑮摇空⑯绿。海水梦悠悠⑰，君愁我亦愁。南风知我意，吹梦到西洲⑱。

选自中华书局点校本《乐府诗集》卷七十二

【注释】

①西洲曲：被收入《乐府诗集》卷七十二《杂曲歌辞》类，注明"古辞"。此诗的创作年代和作者不详，有认为是江淹或萧

衍所作，如沈德潜《古诗源》卷十二收此曲，便将其系于萧衍名下。创作年代，有认为是南朝民歌，沈德潜注为"一作晋词"。今暂置为晋。后有温庭筠拟作。

②下：落下。

③杏子红：杏红色。红，一作"黄"。

④鸦雏色：形容头发如雏鸭羽毛一样乌黑亮丽。

⑤伯劳：鸟名，仲夏始鸣，喜欢单栖。既表示季节，又暗喻女子孤单。

⑥乌臼：即乌桕，一种高大落叶乔木。夏开小黄花，种子可榨油。

⑦翠钿：用翠玉做成或镶嵌的妇女首饰。

⑧莲子：谐音"怜子"。

⑨莲心：谐音"怜心"。

⑩彻底红：红透，比喻爱情完全成熟。

⑪望飞鸿：鸿即雁，古有鸿雁传书，"望飞鸿"即盼望音信。

⑫青楼：见曹植《美女篇》注。

⑬尽日栏杆头：终日倚靠在楼台栏杆旁，意同"望飞鸿"，等待回音。

⑭明：白。

⑮海水：古时内地人常江海混称，这里指江水。

⑯摇空：指水波摇曳。

⑰悠悠：长远貌。此句言遥对江水，悠悠入梦。

⑱吹梦到西洲：希望南风吹我入梦，重回西洲，与郎相聚。

【汇评】

1.（清）陈祚明《采菽堂古诗选》卷十五：《西洲曲》，摇曳清飏，六朝乐府之最艳者。初唐刘希夷、张若虚七言古诗，皆从此出。言情之绝唱也。夫艳非词华之谓。声情宛转，语语动人，若赵女目挑心招，定非珠珰翠翘，使人动心引魄也。寻其命意之由，盖缘情溢于中，不能自已，随目所接，随境所遇，无地无物，非其感伤之怀。故语语相承，段段相绾，应心而出，触绪而歌，并极缠绵，俱成哀怨。此与《离骚》《天问》同旨，岂人转相仿效，故语多相类耳。细味篇中如"单衫杏子红，双鬓鸦雏色"，如"莲子清如水，莲心彻底红"，此岂唐人语耶？

又曰：此诗诚唐人所心摹手追，而究莫能逮者也。

2.（清）沈德潜《古诗源》卷十二：续续相生，连跗接萼，摇曳无穷，情味愈出。

又曰：似绝句数首，攒簇而成，乐府中又生一体。初唐张若虚、刘希夷七言古，发源于此。

宋诗·九首

谢灵运诗·五首

谢灵运（385—433），原名公义，字灵运，以字行于世。小名客儿，故世称"谢客"。谢灵运出身陈郡谢氏，为东晋名将谢玄之孙，世袭为康乐公，因此世称"谢康乐"。东晋时曾任大司马行军参军、抚军将军记室参军、太尉参军等职。刘裕称帝代晋后，降封康乐侯，历任永嘉太守、秘书监、侍中、临川内史等。生平喜好游山玩水，据载，每出游，从者数百人。元嘉十年（433），被宋文帝刘义隆以"叛逆"罪杀害。

谢灵运少有才名，博览群书，工诗善文。其诗与颜延之齐名，并称"颜谢"。谢诗极力模山范水，以描写自然景物细腻逼真见称，对弥漫东晋诗坛的玄言诗起到了革新的作用。此外，他还兼通史学、擅书法，亦曾翻译佛经，并奉诏撰《晋书》。

明李献吉等从《文选》《乐府诗集》及类书中辑录谢灵运作品，刊为《谢康乐集》。张溥辑有《谢康乐集》两卷。严可均《全上古三代秦汉三国六朝文》、逯钦立《先秦汉魏晋南北朝诗》

均有辑录。近人黄节有《谢康乐诗注》。

登池①上楼

潜虬②媚幽姿，飞鸿③响远音。薄霄④愧云浮，栖川怍⑤渊沉。进德⑥智所拙，退耕力不任。徇禄⑦反穷海，卧疴⑧对空林。衾⑨枕昧节候，褰开⑩暂窥临。倾耳聆波澜，举目眺岖嵚⑪。初景⑫革绪风⑬，新阳改故阴。池塘生春草，园柳变鸣禽⑭。祁祁伤豳歌⑮，萋萋感楚吟⑯。索居易永久，离群难处心⑰。持操⑱岂独古，无闷⑲征在今。

选自上海古籍出版社点校本《文选》第二十一卷

【注释】

①池：即后人所谓谢公池，俗名灵池，在永嘉郡治永宁县（今浙江温州）西北。宋乐史《太平寰宇记》卷九九载："谢公池，在州西北三里。其池在积谷山东。谢公梦惠连，得诗于此。"

②潜虬：虬，传说有角的小龙。潜虬，即深潜水底之龙。

③鸿：大雁。

④薄霄：薄同"迫"，逼近；薄霄犹凌云。

⑤怍：音作，惭愧。以上四句，《文选》李善注曰："虬以深潜而保真，鸿以高飞而远害，今己婴俗网，故有愧虬鸿。"

⑥进德：入世做官。《易·乾》："进德修业，欲及时也。"唐孔颖达疏曰："进德，则欲上欲进也；修业，则欲下欲退也。进者弃位欲跃，是进德之谓也；退者仍退在渊，是修业之谓也。"

⑦徇禄：徇，元刘履《选诗补注》卷六注："以身从物曰徇。"禄，俸禄。

⑧卧痾：卧病。

⑨衾：被子。

⑩褰开：褰音牵，褰开指揭开帘子，打开窗户。

⑪岖嵚：音区钦，险峻之山。

⑫初景：初春之景。

⑬绪风：残冬之余风。

⑭"池塘"二句：池塘萌生了春草，园中垂柳里的鸣禽也跟着季节变化而变化了。钟嵘《诗品》卷中引《谢氏家录》云："康乐每对惠连，辄得佳语。后在永嘉西堂思诗，竟日不就。寤寐间，忽见惠连，即成'池塘生春草'。故常云：'此语有神助，非吾语也。'"

⑮祁祁伤豳歌：《诗·豳风·七月》："春日迟迟，采蘩祁祁。女心伤悲，殆及公子同归。"此句意谓面对园中春景，不禁想起了《七月》中那令人伤感的诗句，不免起了思乡之情。

⑯萋萋感楚吟：汉淮南小山《招隐士》："王孙游兮不归，春草生兮萋萋。"此句意旨同上一句。

⑰"索居"二句：《礼记·檀弓上》："吾离群而索居，亦已久矣。"意谓离群索居，感到度日如年。

⑱持操：保持节操。

⑲无闷：《易·乾》："龙德而隐者也，不易乎世，不成乎名，遁世无闷。"

181

【汇评】

1. (宋)叶梦得《石林诗话》:"池塘生春草,园柳变鸣禽。"世人多不解此语为工,盖欲以奇求之尔。此语之工,正在无所用意,猝然与景相遇,备以成章,不假绳削,故非常情之所能到。诗家妙处,当须以此为根本,而思苦言艰者,往往不悟。

2. (宋)严羽《沧浪诗话》:汉魏古诗气象混沌,难以句摘,晋以还方有佳句。如渊明"采菊东篱下,悠然见南山",谢灵运"池塘生春草"之类。谢所以不及陶者,康乐之诗精工,渊明之诗质而自然耳。

3. (元)刘履《选诗补注》:灵运自七月赴郡,至明年春已逾半载,因病起登楼而作此诗。言虬以深潜而自媚,鸿能奋飞而扬音,二者出处虽殊,亦各得其所矣。今我进希薄霄,则拙于施德,无能为用,故有愧于飞鸿。退效栖川,则不任力耕,无以自养,故有惭于潜虬也。夫进退既已若此,未免徇禄海邦,至于卧病昏昧,不觉节候之易。今乃暂得临眺,因睹春物更新,则知离索既久,而感伤怀人之情自不能已。盖是时庐陵王未废,故念及之。且谓穷达离合,非人力所致,唯执持贞操,乐天无闷。岂独古人为然,当自验之于今可也。

4. (元)方回《文选颜鲍谢诗评》卷一:此诗句句佳,铿锵浏亮,合是灵运第一等诗。

5. (明)谢榛《四溟诗话》卷二:《扪虱新话》曰:"诗有格有韵。渊明'悠然见南山'之句,格高也;康乐'池塘生春草'之句,韵胜也。"格高似梅花,韵胜似海棠。欲韵胜者易,欲格高者难。兼此二者,唯李杜得之矣。

又卷二曰:谢灵运"池塘生春草",造语天然,清景可画,有声有色，乃是六朝家数，与夫"青青河畔草"不同。叶少蕴但论天然，非也。又曰："若作'池边''庭前'，俱不佳。"非关声色而何？

6.（明）黄淳耀《陶庵全集》卷二十一：谢康乐"池塘生春草"得之梦中。评诗者或以为寻常，或以为淡妙，皆就句中求之耳。"池塘生春草"，单拈此句，亦何淡妙之有！此句之根在四句之前。其云："卧痾对空林，衾枕昧节候。"乃其根也；"褰开暂窥临"下，历言所见之景。至于池塘草生，则卧痾前所未见者，其时流节换可知矣。此等处皆浅浅易晓，然其妙在章而不在句，不识读诗者何以必就句中求之也？

7.（明）胡应麟《诗薮·外编》卷二："池塘生春草"，不必苦谓佳，亦不必谓不佳。灵运诸佳句，多出深思苦索，如"清晖能娱人"之类。虽非锻炼而成，要皆真积所致。此却率然信口，故自谓奇。

8.（清）王夫之《古诗评选》卷五：始终五转折，融成一片，天与造之，神与运之。呜呼，不可知已。"池塘生春草"，且从上下前后左右看取，风日云物，气序怀抱，无不显者，较"蝴蝶飞南园"之仅为透脱语，尤广远而微至。

9.（清）陈祚明《采菽堂古诗选》卷十七：此首尤为秀杰，迢递圆莹。章法、句法、字法，尤臻神化。初日芙蓉中，更属鲜妍。

10.（清）何焯《义门读书记》卷四十六：只似自写怀抱，然刊置别处不得。循讽再四，乃觉巧不可阶。"池塘"一联，兼寓比托。合首尾咀之，文外重旨隐跃。"祁祁"二句，亦伤不及公子同归也。"池塘"一联，惊心节物，乃尔清绮。唯病起即目，故千载常新。

11.（清）沈德潜《古诗源》卷十：虬以深潜而保真，鸿以高飞而远害。今以婴世网，故有愧虬与鸿也。薄霄，顶飞鸿。栖川，顶潜虬。

又曰："池塘生春草"，偶然佳句，何必深求。权德舆解为王泽竭，侯将变，何句不可穿凿耶？

石壁精舍①还湖中作

昏旦变气候，山水含清晖。清晖能娱人，游子憺②忘归。出谷日尚早，入舟阳已微。林壑③敛④暝色⑤，云霞收夕霏⑥。芰⑦荷迭映蔚⑧，蒲稗⑨相因依。披拂⑩趋南径，愉悦偃⑪东扉。虑澹⑫物自轻，意惬理无违。寄言摄生客⑬，试用此道⑭推。

选自上海古籍出版社点校本《文选》第二十二卷

【注释】

①石壁精舍：佛寺名，位于谢灵运隐居的庄园始宁墅附近，相隔着巫湖。

②憺：音淡，恬静安适。"清晖"两句化自《楚辞·九歌·东君》："羌声色兮娱人，观者憺兮忘归。"

③壑：山谷。

④敛：收。

⑤暝色：暮色。

⑥霏：云气。

⑦芰：菱角。

⑧映蔚：映衬。

⑨蒲稗：蒲，指菖蒲；稗，指稗草，与蒲同类而稍小。

⑩披拂：拨开。

⑪偃：卧息。

⑫虑澹：心思纯净，恬淡寡欲。

⑬摄生客：追求养生长寿之人。

⑭此道：即上所谓"虑澹""意惬"。

【汇评】

1.（元）方回《文选颜鲍谢诗评》卷一：灵运所以可观者，不在于言景，而在于言情。"虑澹物自轻，意惬理无违"，如此用工，同时诸人皆不能逮也。至其所言之景，如"山水含清晖""林壑敛暝色"，及他曰"天高秋月明""春晚绿叶秀"，秀于细密之中，时出自然，不皆出于织组。颜延年、鲍明远、沈休文虽各有所长，不到此地。

2.（清）王夫之《古诗评选》卷五：凡取景远者，类多梗概；取景细者，多入局曲。即远入细，千古一人而已。

3.（清）陈祚明《采菽堂古诗选》卷十七："清晖"二语，所谓一往情深。情深则句自妙，不烦烹琢。洒如而吐，妙极自然。"出谷"以下，写景生动。"暝色""夕霏"，既会虚景；"映蔚""因依"，亦收远目。公笔端无一语实，无一语滞若此。"虑澹"二句，炼意法理语，圆好。

石门岩上宿①

朝搴②苑中兰,畏彼霜下歇③。暝还云际宿④,弄⑤此石上月。鸟鸣识夜栖,木落⑥知风发。异音同至听⑦,殊响俱清越⑧。妙物⑨莫为赏,芳醑⑩谁与伐⑪?美人⑫竟不来,阳阿徒晞发⑬。

选自汉魏六朝百三家集本《谢康乐集》

【注释】

①石门岩上宿:诗题一作"夜宿石门诗",作于元嘉七年(430)秋,写诗人夜宿石门岩上赏月的感受。石门,山名,在今浙江嵊州西北。

②搴:音牵,拔取。

③霜下歇:经霜而凋谢。

④云际宿:指在高耸入云的石门山顶夜宿。《楚辞·九歌·少司命》:"夕宿兮帝郊,君谁须兮云中际。"

⑤弄:欣赏。

⑥木落:树叶飘落。林庚先生解释杜甫"无边落木萧萧下"之"落木"时说:"这(按无边落木萧萧下,不尽长江滚滚来)是大家熟悉的名句,而这里的'落木'无疑的正是从屈原九歌中的'木叶'(按屈原《九歌·湘夫人》:嫋嫋兮秋风,洞庭波兮木叶下)发展来的。"

⑦异音同至听:异音,指上面所写的鸟鸣声、落叶声、风声等;至听,指传到耳朵里能听见。

⑧清越:清音悠扬。

⑨妙物:上面所写的兰、云、月、鸟、木、风等声音和

景物。

⑩芳醑：醑，音许；芳醑，芳香的美酒。

⑪伐：夸耀、炫耀。

⑫美人：指朋友。

⑬阳阿徒晞发：阳阿，神话传说中太阳出来所升的第一个山丘；晞发，晒干头发。《楚辞·九歌·少司命》："与女沐兮咸池，晞女发兮阳之阿，望美人兮未来，临风怳兮浩歌。"

【汇评】

1.（清）王夫之《古诗评选》卷五：转成一片，如满月含光，都无轮廓。

2.（清）沈德潜《古诗源》卷十："异音同至听""空翠难强名"，皆谢公独造语。

岁暮

殷①忧不能寐，苦此夜难颓②。明月照积雪，朔风劲且哀。运往③无淹④物，年逝觉已催。

选自汉魏六朝百三家集本《谢康乐集》

【注释】

①殷：深重。

②颓：消磨。

③运往：时间不停运转。

④淹：停留。

【汇评】

1.（南朝）钟嵘《诗品序》："明月照积雪"，讵出经史？观古今胜语，多非补假，皆由直寻。

2.（清）陈祚明《采菽堂古诗选》卷十七："明月照积雪"，允称名句。

入彭蠡湖口①

客游倦水宿，风潮难具论②。洲岛骤回合，圻岸③屡崩奔。乘月听哀狖④，浥露馥芳荪⑤。春晚绿野秀，岩高白云屯。千念⑥集日夜，万感盈朝昏。攀崖照石镜⑦，牵叶入松门⑧。三江⑨事多往，九派⑩理空存。灵物郄⑪珍怪，异人秘精魂。金膏⑫灭明光，水碧⑬辍流温。徒作千里曲⑭，弦绝念弥敦。

选自上海古籍出版社点校本《文选》第二十六卷

【注释】

①彭蠡湖口：鄱阳湖古称彭蠡，长江与鄱阳湖交接处称湖口，乃今江西省九江市东湖口县治。

②具论：一一细说。

③圻岸：圻，音齐；圻岸，即曲岸。

④狖：音又，黑毛长尾猿。

⑤荪：亦名荃，香草。

⑥念：思虑。

⑦石镜：山名。《文选》李善注引张僧鉴《浔阳记》载："石镜山，东有一圆石，悬崖明净，照人见形。"

⑧松门：山名。《文选》李善注引顾野王《舆地志》曰："自入湖三百三十里，穷于松门。东西四十里，青松遍于两岸。"

⑨三江：《尚书·禹贡》："三江既入。"郑玄注："三江分于彭蠡，为三孔，东入海。"

⑩九派：即九江。上两句意谓三江、九派古人何指，今在何处，已成往事，无可考证了。

⑪郄：同"吝"，吝惜。

⑫金膏：道教所谓仙药黄金之膏。

⑬水碧：玉的一种，又称碧玉。《山海经》："耿山多水碧。"

⑭千里曲：古琴曲名，又名《别鹤操》《千里别鹤》。西晋崔豹《古今注》载："《别鹤操》，商陵牧子所作也。娶妻五年而无子，父兄将为之改娶，妻闻之，中夜起，倚户而悲啸。牧子闻之，怆然而悲，乃援琴而歌，后人因为乐章焉。"

【汇评】

1.（元）方回《文选颜鲍谢诗评》卷三："灵物""异人"以下，又归宿于仙道。"千里曲"，想当时有此琴操，徒作此曲，而仙灵不接，所以弦虽绝而心徒悲也。大抵以恍惚为宗，要为不近人情，胸中亦别无十分道理也。

2.（清）王夫之《古诗评选》卷五：抉微掇秀，无非至者，华净之光，遂掩千秋。

3.（清）吴淇《六朝选诗定论》：舍舟而崖，远入松门而望，三江九派历历矣。"事"者，古人之事迹，如大禹九江既入之绩之类。然事既往矣，熟为继之？"理"者，即康乐后诗所蕴之"真"，如古圣观河而作图，临洛而作书，皆因其理。其理空存，谁是作者？故灵物吝珍怪而不出，异人秘精魄而不见，金膏之明光已灭，水碧之流久缀。所谓天地闭、贤人隐之时也。所以徒作思归之曲，转令忧念益甚耳。

4.（清）陈祚明《采菽堂古诗选》卷十七：通篇唯"千念"二语言愁，余句不言愁而愁无极。吊古之情，正是深愁也。身世如斯，江湖满目，交集百端，乃至无语可述。"金膏""水碧"，亦有《天问》之旨乎！

陆凯诗·一首

陆凯，生卒年不详，字智君，代北（今河北蔚县东）人。仕北魏为官，好学忠厚。事见《魏书》。

赠范晔[①]

折花逢驿使，寄与陇头人[②]。江南无所有，聊赠一枝春[③]。

选自逯钦立辑校《先秦汉魏晋南北朝诗·宋诗》卷四

【注释】

①赠范晔：《太平御览》引盛弘之《荆州记》载：陆凯与范晔交善，自江南寄梅花一枝，诣长安与晔，并赠此诗。范晔，南朝刘宋顺阳（今河南淅川）人，自其祖父时迁居丹阳（今安徽当涂县东北小丹阳镇）。史学家，有《后汉书》。此诗有怀疑为范晔赠陆凯，明唐汝谔《古诗解》注云："晔为江南人。凯字智君，代北人。当是范寄陆耳。凯在长安，安得梅花寄晔？"

②陇头人：即陇山人。陇山，在今陕西陇县西北。

③"江南"二句：江南没什么好东西，暂且送你一枝报春的梅花吧。宋刘克庄"轻烟小雪孤山路，折赠梅花寄一枝"（《别敖器之》）即源此。

【汇评】

1.（清）王夫之《古诗评选》卷三：音圆局整。浅人视此，亦当云起衰之作。讵知六代人率尔之吟，正自如此，特不屑频作耳。安得起六代人于地下，一拯唐人之衰也！

鲍照诗·三首

鲍照（414—466），字明远，东海（今山东郯城一带）人。出身寒微，先入宋临川王刘义庆幕。临川王卒，为始兴王刘濬国侍郎。此后历任永安、秣陵、海虞诸县令。宋孝武帝大明五年出任荆州刺史刘子顼的前军参军，掌书记，故世称"鲍参军"。晋安王子勋与明帝争帝位，刘子顼起兵响应，兵败，鲍照死于乱军中。

鲍照诗、赋、骈文成就都很高。其与颜延之、谢灵运同为宋元嘉时的著名诗人，合称"元嘉三大家"。其七言诗成就尤高，七言歌行对唐李白、高适、岑参等皆有较大影响。

其诗文早在南齐时由虞炎编为《鲍氏集》。《隋书·经籍志》录存十卷，今尚存。现存最早刻本为明毛扆据宋本校刊之《鲍氏集》。今人钱仲联在清钱振伦、近人黄节笺注基础上增补、并附集说为《鲍参军集注》。

代出自蓟北门行[1]

羽檄起边亭,烽火入咸阳[2]。征师[3]屯广武[4],分兵救朔方[5]。严秋筋竿[6]劲,虏阵精且强。天子按剑怒,使者遥相望。雁行[7]缘石径,鱼贯[8]度飞梁。箫鼓流汉思[9],旌甲被胡霜。疾风冲塞起,沙砾自飘扬。马毛缩如猬[10],角弓[11]不可张。时危见臣节,世乱识忠良[12]。投躯报明主,身死为国殇[13]。

选自上海古籍出版社钱仲联增补集说校版《鲍参军集注》卷三

【注释】

①代出自蓟北门行:代,拟。出自蓟北门行,《乐府解题》载:"《出自蓟北门行》,其致与《从军行》同,而兼言燕、蓟风物与突骑勇悍之状。"

②咸阳:秦都城,此泛指京城。

③征师:一作"征骑",征发的骑兵。

④广武:古城名。在今山西代县。

⑤朔方:汉郡名,在今内蒙古自治区河套西北部及后套地区。

⑥筋竿:筋,弓弦;竿,箭杆。

⑦雁行:形容行军队伍整齐,排列如雁飞的行列。

⑧鱼贯:形容行军队伍,如游鱼先后接续。

⑨箫鼓流汉思:箫鼓,军乐;流,传达;汉,汉朝。揭示了对家乡的思念。

⑩猬:刺猬。

⑪角弓:用牛角做的硬弓。

⑫"时危"二句：形容在关键时刻才能见出人心。后李世民"疾风知劲草，板荡识诚臣"（《赠萧瑀》）亦同此二句。

⑬国殇：《九歌·国殇》，追悼楚国阵亡士卒的挽诗。此指为国战死的烈士。

【汇评】

1.（清）吴淇《六朝选诗定论》：是当时政令躁急，臣下有不任者，故借此以寓意。言平日无谋虑，边隙一启，曰征骑、曰分兵，皆临时周章，以敌阵之精强故也。天子之怒，固是怒敌，亦是怒将士之不灭此朝食。故从战之士相望于道。当斯时也，虽有李牧辈为将，亦不暇谋矣。死为国殇，何益于国哉！

2.（清）陈祚明《采菽堂古诗选》卷十八："疾风"以下，神气飞舞。

3.（清）沈德潜《古诗源》卷十一：明远能为抗壮之音，颇似孟德。

4.（清）张玉穀《古诗赏析》卷十七：此拟立功边塞之作。前八，用逆笔先就边境征兵，胡强主怒叙起，为壮士立功之会写一排场。中八，落出从军，铺写途路劳苦。朔方早寒，故多在寒上设色。后四，收到立节效忠，偏以不吉祥语，显出无退悔心，悲壮淋漓。

5.（清）方东树《昭昧詹言》卷六：此从军出塞之作，蓟北多烈士，故托言之。起四句，叙题有原委，简洁。凡文字援据，虽有详略，必具端委。诗叙事叙情亦然，必具端末，使人易了。但不得冗絮纤琐迂缓，反令人不明了。如此起边师，救朔方，皆分明交代题事。"严秋"十二句，写边塞战场情景，激壮苍凉悲慨，使人神魂飞越。"雁行"以下，一字不平转。"时危"四句，收作归宿，为豪宕，不为凄凉，以解为悲，从屈子来，陈思、杜公皆同。

6.钱仲联增补集说校《鲍参军集》引朱熹曰："疾风冲塞起，沙砾自飘扬。马毛缩如蝟，角弓不可张"，分明说出边塞之状，语又峻健。

又引王闿运曰：作边塞诗，用十二分力量，是唐人所祖，结与"弃席"四句（按鲍照《代东武吟》："弃席思君幄，疲马恋君轩。愿垂晋主惠，不愧田子魂。"）同调。

拟行路难①十八首其四

泻水置平地，各自东西南北流。人生亦有命，安能行叹复坐愁。酌酒②以自宽，举杯断绝歌路难。心非木石岂无感，吞声踯躅③不敢言。

选自上海古籍出版社钱仲联增补集说校版《鲍参军集注》卷四

【注释】

①拟行路难：《行路难》，汉乐府杂曲歌辞，古辞不存。

②酌酒：自斟自饮。

③踯躅：徘徊不前。

【汇评】

1.（清）王夫之《古诗评选》卷一：先破除，次申理，一俯一仰，神情无限。经生于此，不知费几转折也。大纲言愁，不及所事，正自古今凄断。

2.（清）陈祚明《采菽堂古诗选》卷十八：起句突兀，兴意高古。

3.（清）沈德潜《古诗源》卷十一：妙在不曾说破，读之自然生愁。

又曰：起手无端而下，如"黄河落天走东海"也。若移在中间，犹是恒调。

拟行路难十八首其六

对案①不能食，拔剑击柱长叹息。丈夫生世会几时，安能蹀躞②垂羽翼？弃置③罢官去，还家自休息。朝出与亲辞，暮还在亲侧。弄儿床前戏，看妇机中织。自古圣贤尽贫贱，何况我辈孤④且直⑤！

选自上海古籍出版社钱仲联增补集说校版《鲍参军集注》卷四

【注释】

①案：放置食器的小几。

②蹀躞：音叠谢，小步行走的样子。

③弃置：丢开，此指辞官。

④孤：出身孤寒。

⑤直：耿直。

【汇评】

1. （清）王夫之《古诗评选》卷一：土木形骸，而龙章凤质固在。高适学此，早已郎当，况李颀之齿莽者乎！

2. （清）陈祚明《采菽堂古诗选》卷十八："朝出"四句，写得真可乐。

3. （清）沈德潜《古诗源》卷十一：家庭之乐，岂宦道可比，明远乃亦不免俗见耶。江淹《恨赋》，亦以左对孺人，故弄稚子为恨。功名中人，怀抱尔尔。

4. （清）张玉榖《古诗赏析》卷十七：此章言孤直难容，宜安家食，自咏怀抱，乃诸诗之骨也。前四，突然感慨而起，跌出生世不长，安能踽踽，暗含仕途蹭蹬意，词旨郁勃。中六，透笔写出罢官归家，正多乐事。乃凭空想象，莫作赋景看。后二，援古自慰，收出孤直不容，当安贫贱本旨。笔势仍自傲岸。

5. （清）陈沆《诗比兴笺》卷二：前章言叹，言愁，言宽，言感，而不一言所宽所愁所感何事，第一语结之曰不敢言而已。夫不敢言者，必非寻常感遇之言也。次章至于对案不食，拔剑击柱，其感尤几于五岳起臆，瞋发指冠，而亦不一言，但云弃官愿归而已。无论明远二十之年，一命未沾，无官可罢，即使预设之词，亦必语出有为。岂非未涉太行，先闻折坂，未伤高鸟，已坠惊弦者乎？朝暮亲侧，妇子欢聚，岂有傅、谢夷灭之惨，鲸鲵失水之吟。故知世路屯艰，是以望风气沮。

齐诗·五首

谢朓诗·五首

谢朓（464—499），字玄晖，陈郡阳夏（今河南太康）人。曾任宣城太守，故后世称"谢宣城"。其与谢灵运并称"大小谢"。诗风清新流丽，颇多秀句。李白《宣州谢朓楼饯别校书叔云》诗曰："中间小谢又清发。"其山水诗摆脱了玄言成分，对山水诗的发展起到了重要贡献。张溥辑有《谢宣城集》。

玉阶怨[①]

夕殿[②]下珠帘，流萤[③]飞复息。长夜缝罗[④]衣，思君此何极[⑤]！

选自上海古籍出版社曹融南校注集说本《谢宣城集校注》卷二

【注释】

①玉阶怨：玉阶，指皇宫的石阶。《玉阶怨》，乐府曲调，属《相和歌·楚调曲》。此篇写宫怨，为唐王建等宫怨诗之先驱。

②夕殿：傍晚的宫殿。

③流萤：萤火虫。

④罗：一种丝织品。

⑤何极：哪有尽头。

【汇评】

1. （清）王夫之《古诗评选》卷三：虚实迭用，以为章法。太白之所得于玄晖者亦唯此许，有法可步故也。

2. （清）陈祚明《采菽堂古诗选》卷二十：此首竟是唐绝，其情亦深。长夜缝衣，初悲独守，归期未卜，来日方遥，道一夕之情，余永久之感。

3. （清）沈德潜《古诗源》卷十二：竟是唐人绝句，在唐人中为最上者。

4. （清）张玉穀《古诗赏析》卷十八：此宫怨诗，能于景中含情，故言情一句便醒。

暂使下都夜发新林至京邑赠西府同僚①

大江②流日夜，客心悲未央③。徒念关山近，终知返路长④。秋河⑤曙耿耿⑥，寒渚⑦夜苍苍。引领见京室，宫雉⑧正相望。金波⑨丽⑩鳷鹊⑪，玉绳⑫低建章⑬。驱车鼎门⑭外，思见昭丘阳⑮。驰晖⑯不可接，何况隔两乡？风烟有鸟路⑰，江汉⑱限无梁。常恐鹰隼击，时菊委严霜。寄言罻⑲罗者，寥廓已高翔⑳。

选自上海古籍出版社曹融南校注集说本《谢宣城集校注》卷三

【注释】

①暂使下都夜发新林至京邑赠西府同僚：据萧子显《南齐书·谢朓传》载："子隆（随王）在荆州，好辞赋，数集僚友，朓以文才，尤被赏爱，流连晤对，不舍日夕。长史王秀之以朓年少相动，密以启闻。世祖敕曰：'侍读虞云自宜恒应侍接。朓可还都。'朓道中为诗寄西府曰：'常恐鹰隼击，秋菊委严霜。寄言罻罗者，寥廓已高翔。'"此诗即谢朓从随王萧子隆的下都荆州出发，直到京郊新林浦（在今江苏南京西南）这段旅途所感，并写诗赠给随王府（"西府"）诸位僚友。京邑，指齐京都建康（今江苏南京）。

②大江：特指长江。

③未央：未尽。

④"徒念"二句：徒，白白地，空；关山，进入京都的关隘；返路，返回西府的路。二句意谓虽然离京都越来越近，但离西府越来越远，而且终于知道，被长史王秀之陷害后，就更难回去了。

⑤秋河：秋天的银河。

⑥曙耿耿：曙，晨光；耿耿，明净。

⑦渚：水中的小块陆地。

⑧宫雉：宫墙。

⑨金波：月光。

⑩丽：动词，附丽，此犹"辉映"。

⑪鸤鹊：汉代观名，建于云阳甘泉宫外。此以汉代齐，代指京都建康的宫观。

⑫玉绳：星名。《文选·张衡〈西京赋〉》："上飞闼而仰眺，

正睹瑶光与玉绳。"李善注引《春秋元命苞》曰:"玉衡北两星为玉绳。"

⑬建章:汉代观名。此指代齐宫。

⑭鼎门:《文选》李善注引《帝王世纪》载:"春秋成王定鼎于郏鄏,其南门名定鼎门。"此代指建康城之南门。

⑮昭丘阳:昭丘,楚昭王墓,位于荆州当阳(今湖北当阳)东。阳,丘南曰阳。此亦以朝丘阳指代荆州。

⑯驰晖:飞驰的日光。

⑰风烟有鸟路:天虽高远,尚有鸟路可循。

⑱江汉:长江、汉水。此句谓建康、荆州间阻隔着长江、汉水,无桥梁可通。

⑲罻:音尉,小网。

⑳高翔:展翅高飞。这里以鸟自喻,意谓转告那些张网之人,我已远走高飞。

【汇评】

1.(元)刘履《风雅翼》:曾原谓"此诗词实典丽,意亦委折,而气则溢",斯言得之。

2.(明)谢榛《四溟诗话》卷三:谢宣城《夜发新林》诗:"大江流日夜,客心悲未央。"阴常侍《晓发新亭》诗:"大江一浩荡,悲离足几重。"二作突然而起,造语雄深,六朝亦不多见。

3.(明)钟惺、谭元春《古诗归》卷十三:起结俱是近体佳境。

又云:起语难删,余平平。

又评"大江流日夜,客心悲未央"曰:千古志士同此感慨。

4.（明）陆时雍《古诗镜》卷十六：起四语属高调，然一唱气尽，下无余音。

5.（明）孙鑛《文选集评》："秋河"六句是关山近；"驱车"六句是返路长思荆州。"风云"二句正是隔两乡意。收归斥谗用长卿语意，结甚劲快。

又：此玄晖最有名诗，音调最响，造句最精峭，然而气格亦渐近唐。

又：首二句昔人谓压千古，信然。

6.（明）胡应麟《诗薮·外编》卷二：杨用修论发端，以玄晖"大江流日夜"为妙绝，余谓此未足当也。千古发端之妙，无出少卿三起语，如"嘉会难再遇，三载为千秋""携手上河梁，游子暮何之"，寻常儿女，可泣鬼神。次则子建"高台多悲风，明月照高楼"，咳唾天仙，夐绝凡俗。康乐"百川赴巨海，众星环北辰"，虽稍远本色，然是后来壮语之祖，不妨并拈出也。

7.（清）宋徵璧《抱真堂诗话》：谢朓工于发端，如"大江流日夜，客心悲未央"，即为五律起句，亦殊警策。

8.（清）王夫之《古诗评选》卷五：旧称朓诗"工于发端"，如此发端语，寥天孤出，正复宛诣，岂不夐绝千古！非但危唱雄声已也。以危唱雄声求者，一击之余，必得衰飒。千钧之力，且无以善后，而况其余哉。太白学此，往往得蹶，亦低昂之势所必然也。"驰晖不可接"得景逼真，千古遂不经人道，亦复无人知赏。

9.（清）陈祚明《采菽堂古诗选》卷二十：亦用古诗"游戏宛洛"余旨，风度宏丽。"大江流日夜"，浩然而来，以景中有情，故佳。因投外之悲，结怀侣之念，偶来旧阙，企羡昔僚。此时胸中愁绪固有滔滔莽莽，其来无端者。寓目大江，与之俱永。三四言比虽易逢，终归违远也。望京一段极写华壮，以深恋慕之思。"驰晖不可接"亦是名语，此段遥承"终知返路长"句，极言企羡之情，投外必有忌者，故末段云。然语意超越。

10. （清）王士禛《渔洋诗话》：或问诗工于发端，如何应之，曰：如谢宣城"大江流日夜，客心悲未央"。

11. （清）邵长蘅《文选集评》：起结超绝，中复绮丽，自是杰作。

12. （清）戴明《历代诗家》："大江流日夜，客心悲未央"胜绝只消苍浑。

13. （清）何焯《义门读书记》卷四十六：玄晖俊句为多，然求其一篇尽善，盖不易得，如此沉郁顿挫，故是压卷之作。

14. （清）沈德潜《古诗源》卷十二：一起滔滔莽莽，其来无端。"望京"一段，眷恋不已。

又云："秋河"六语，应"关山近"；"驱车"六语，应"返路长"。时朓被谗而去，故有末二语。言己翔乎寥廓，罗者无如何也。用长卿《难父老》篇语意。

15. （清）方伯海《文选集评》：清而逸，丽而流，叙事中只是脱口而出，灭尽结构痕迹，仍复截截周到，诸谢中当推此君为第一。

16. （清）成书《多岁堂古诗存》：起句俊伟，直欲上迈陈思，通体亦皆雄健。论诗者言体格卑下，动指齐梁，似此诗置之魏人中，岂复能辨？

17. （清）方东树《昭昧詹言》卷七：此在荆州随王府被谗敕回，与康乐之被谗出为永嘉临川内史，情事略同。亦与明远之从荆州回京,上浔阳道望京邑,情事相同,诗亦似之。一起兴象千古,非徒工起调云尔也。若云悲之未央,似江流无已时,比而兴也,互文也。……何(焯)云"压卷",愚谓极才思情文之壮,纵横跌宕,悲慨淋漓,空绝前后,太白、杜、韩,无以尚之。

晚登三山[①]还望京邑

灞涘望长安[②],河阳视京县[③]。白日丽飞甍[④],参差皆可见。余霞散成绮,澄江静如练。喧鸟覆春洲,杂英[⑤]满芳甸[⑥]。去矣方[⑦]滞淫[⑧],怀哉罢欢宴。佳期怅何许[⑨],泪下如流霰[⑩]。有情知望乡,谁能鬒[⑪]不变?

选自上海古籍出版社曹融南校注集说本《谢宣城集校注》卷三

【注释】

①三山:山名,在今南京市西南长江南岸。山有三峰,南北相连,故名。

②灞涘望长安:灞,一作"霸",水名,出陕西蓝田县,流经长安。涘,水边。王粲《七哀诗》:"南登霸陵岸,回首望长安。"

③河阳视京县:河阳,古县名,治所在今河南孟州西,近洛阳。京县,西晋京城洛阳。潘岳《河阳县诗》:"引领望京室,南路在伐柯。"以上两句以王粲望长安、潘岳望洛阳比自己望建康。以灞岸、河阳比三山。

④飞甍:甍,屋脊;飞甍,形容屋脊两檐张开,如飞鸟展翅状。

⑤杂英：各色草花。

⑥甸：郊野。

⑦方：仍。

⑧滞淫：滞留、停顿。

⑨何许：何处、哪里。

⑩霰：小雪粒。

⑪鬒：音枕，黑头发。

【汇评】

1.（宋）唐庚《唐子西语录》：灵运在永嘉因梦惠连，遂有"池塘生春草"之句，玄晖在宣城因登三山遂有"澄江静如练"之句。二公妙处在鼻无垩，目无膜。尔鼻无垩，斤将曷运？目无膜，篦将曷施？所谓混然天成，天球不琢者欤。

2.（元）方回《文选颜鲍谢诗评》卷三：起句以长安洛阳拟金陵，用王粲潘岳二诗，极佳！李白云："解道澄江静如练，令人却忆谢玄晖。"此一联尤佳也。三山今犹如故，回望建康甚近，想六朝时甚盛也。味末句，其惓惓于京邑如此，去国望乡，其情一也。有情无不知望乡之悲，而况去国乎！

3.（明）陆时雍《古诗镜·诗镜总论》：咏物之难，非肖难也。唯不局局于物之难。玄晖"余霞散成绮，澄江净如练""天际识归舟，云中辨江树"，山水烟霞，衷成图绘，指点盼顾，遇合得之，古人佳处当不在言语间也。

4.（明）钟惺、谭元春《古诗归》卷十三：右丞以田园作应制语，玄晖以山水作都邑诗，非唯不堕清寒，愈见旷远。

5.（清）王夫之《古诗评选》卷五：折合处速甚，所谓羚羊挂角者。如此，虽有踪如无踪也。佳句率成，故足动供奉（按李白曾官供奉翰林）知赏。

6.（清）陈祚明《采菽堂古诗选》卷二十：一起一结，情绪相应，法既密而志复显。

又云：古人诗起结必相应，可知命笔之先，具有所以作诗之故，定非无谓徒饰丽辞。又以见章法因承，定从发端涉笔。先觅警句，此即不然。

又云："澄江如练"，洵称名句。茂秦谓"澄"字与"静"字意叠，非也。"澄"是江之形，"静"是江之性，唯"澄"故"静"。不加"澄"字，何见其"静"乎？出句亦佳。

7.（清）王士禛《论诗绝句》：何因点窜"澄江练"？笑杀谈诗谢茂秦！

8.（清）田雯《古欢堂集》卷十七：玄晖含英咀华，一字百炼而出。如秋山清晓，霏蓝翕黛之中，时有爽气。齐之作者，公居其冠。刘后村谓："余霞散成绮，澄江静如练"，皆吞吐日月、摘蹑星辰之句。故李白《登华山落雁峰》云："恨不携谢朓惊人诗，搔首问青天。"其服膺如此。

9.（清）何焯《义门读书记》卷四十七：首联可作用事之法。

10.（清）沈德潜《说诗晬语》卷上：齐人寥寥，谢玄晖独有一代，以灵心妙悟，觉笔墨之中。笔墨之外，别有一般深情妙理。元长（王融）诸人，未齐肩背。

11.（清）成书《多岁堂古诗存》卷五：著色鲜妍，自成缤纷古藻，绝去痴肥，亦殊顽艳。

之宣城郡①出新林浦向板桥②

江路西南永③,归流东北骛④。天际识归舟⑤,云中辨江树。旅思倦摇摇⑥,孤游昔已屡⑦。既欢怀禄情,复协⑧沧洲趣⑨。嚣尘⑩自兹隔,赏心⑪于此遇。虽无玄豹姿,终隐南山雾⑫。

选自上海古籍出版社曹融南校注集说本《谢宣城集校注》卷三

【注释】

①宣城郡:今安徽宣城。

②新林浦向板桥:《文选》李善注引郦道元《水经注》载:"江水经三山,又幽浦出焉。水上南北结浮桥渡水,故曰板桥浦。江水又北经新林浦。"板桥,位于建康西南。此诗为谢朓赴任宣城太守途中所作,与上一首《晚登三山还望京邑》作于同时。

③西南永:永,长。《诗·周南·汉广》:"江之永矣,不可方思。"因宣城位于建康南面,故须逆流而向西南航行。

④骛:奔驰。

⑤归舟:指回到建康的船只。

⑥摇摇:心情恍惚。《诗·王风·黍离》:"行迈靡靡,中心摇摇。"

⑦屡:多次。

⑧协:合。

⑨沧洲:水边洲渚,隐士所居。此指宣城一带比较偏僻之地。阮籍《为郑冲劝晋王笺》:"然后临沧洲而谢支伯,登箕山以揖许由。"以上二句意谓出守宣城既满足了自己获得官职俸禄所以感到欢欣,又协和了自己隐居山野的愿望。

⑩嚣尘：喧闹的尘世。《左传·昭公三年》："子之宅近市，湫隘嚣尘，不可以居。"

⑪赏心：心情舒畅。谢灵运《晚出西射堂》："含情尚劳爱，如何离赏心？"

⑫"虽无"二句：典出《列女传·贤明传·陶答子妻》："答子治陶三年，名誉不兴，家富三倍。其妻数谏不用。居五年，从车百乘归休。宗人击牛而贺之，其妻独抱儿而泣。姑怒曰：'何其不祥也！'妇曰：'夫子能薄而官大，是谓婴害。无功而家昌，是谓积殃。昔楚令尹子文之治国也，家贫国富，君敬民戴，故福结于子孙，名垂于后世。今夫子不然。贪富务大，不顾后害。妾闻南山有玄豹，雾雨七日而不下食者，何也？欲以泽其毛而成文章也。故藏而远害。犬彘不择食以肥其身，坐而须死耳。今夫子治陶，家富国贫，君不敬，民不戴，败亡之徵见矣。愿与少子俱脱。'"此作者自比，要洁身自好，全身远祸。

【汇评】

1. （明）孙鑛《文选瀹注》：音调特清俊，语语醒快。又曰：写景入神，有无限妙致。

2. （明）钟惺、谭元春《古诗归》卷十三：水云万里，一幅烟江送别图。

3. （清）王夫之《古诗评选》卷五：晋、宋以下诗，能不作两截者鲜矣。然自不虚架冒子，回顾收拾，全用经生径路也。起处直，转处顺，收处平，虽两截，因一致矣。语有全不及情而情自无限者，心目为政，不恃外物故也。"天际识归舟，云中辨江树"，隐然一含情凝眺之人，呼之欲出。从此写景，乃为活景。

故人胸中无丘壑，眼底无性情，虽读尽天下书，不能道一句。司马长卿谓读千首赋便能作赋，自是英雄欺人。

4.（清）陈祚明《采菽堂古诗选》卷二十："天际"二句竟堕唐音。然在选体，则渐以轻漓；入唐调则犹用朴胜。末段闲旷之情，迢递出之，故佳。

5.（清）何焯《义门读书记》卷四十七：次联固自警绝，然其得势，全在首联。"出"字、"向"字，无不贯注。

6.（清）成书《多岁堂古诗存》卷五：即景抒写，不作一惊人语，便已悠然意远。

7.（清）方东树《昭昧詹言》卷七：一起以写题为叙题，兴象如画，浑转浏涮。……何（焯）又云："结句以廉洁自厉，收'之郡'，使事无迹。"余谓此即"资此永幽栖"意，借隐豹为兴象耳。玄晖固未必贪贿，而厉志之意，非玄晖胸中所有也。

王孙游[①]

绿草蔓[②]如丝，杂树红英[③]发。无论[④]君不归，君归芳[⑤]已歇。

选自上海古籍出版社曹融南校注集说本《谢宣城集校注》卷二

【注释】

①王孙游：乐府曲名。此篇诗意出《楚辞·淮南小山〈招隐士〉》："王孙游兮不归，春草生兮萋萋。"王夫之通释："王孙，隐士也。秦汉以上，士皆王侯之裔，故称王孙。"

②蔓：蔓延。

③英：花。

④无论：不要说。陶渊明《桃花源记》："不知有汉，无论魏晋。"

⑤芳：花。

【汇评】

1.（清）王夫之《古诗评选》卷三：亦可谓艳而不靡，轻而不佻，近情而不俗。

2.（清）陈祚明《采菽堂古诗选》卷二十：翻新取胜。"王孙芳草"句千古袭用，要以争奇见才。

3.（清）张玉榖《古诗赏析》卷十八：上二，写春景，以见急当归也。下二，从不归兜转一笔，醒出即归已晚，而不归之感愈深，真乃意新笔曲。

梁诗·十二首

萧衍诗·一首

萧衍（464—549），字叔达，南兰陵中都里（今江苏武进西北）人。"竟陵八友"之一。南齐时，萧衍曾任东阁祭酒、黄门侍郎、雍州刺史等职。永元二年（500），萧衍起兵攻讨东昏侯萧宝卷，并拥立南康王萧宝融称帝。次年，攻陷建康。中兴二年（502），萧衍接受萧宝融的"禅位"，建立梁朝。

萧衍在位四十八年。早年尚留心政务，晚期怠于政事，又沉溺佛教。太清二年（548），"侯景之乱"爆发，萧衍被囚死于建康台城。谥号武皇帝。

萧衍是古代擅长诗文的帝王，故赵翼在《廿二史考异》中评价说："创业之君兼擅才学，曹魏父子固已旷绝百代。其次则齐梁二朝，亦不可及也。……至萧梁父子间，尤为独擅千古。武帝少而笃学，洞达儒玄，虽万机多务，犹卷不辍手。……天性睿敏，下笔成章，千赋百诗，直疏便就。……历观古帝王艺能博学，罕或有焉。"

东飞伯劳歌[1]

东飞伯劳西飞燕,黄姑[2]织女时相见。谁家女儿对门居,开颜发艳照里间[3]。南窗北牖桂月光,罗帷绮帐脂粉香。女儿年几十五六,窈窕无双[4]颜如玉。三春[5]已暮花从风,空留可怜与谁同。

选自中华书局点校本《乐府诗集》第六十八卷

【注释】

[1]东飞伯劳歌:此诗《玉台新咏》卷九、《艺文类聚》卷四十三、郭茂倩《乐府诗集》卷六十八皆作无名氏古辞,宋《文苑英华》卷二百六、明胡应麟《诗薮·内编》和陆时雍《诗镜总论》、清王夫之《古诗评选》和陈祚明《采菽堂古诗选》等皆认为是萧衍所作。伯劳:鸟的一种,属雀形目,生性凶猛。

[2]黄姑:星名,即河鼓,俗称"牛郎星""牵牛星"。

[3]里间:乡里。

[4]窈窕无双:非常美丽。《孔雀东南飞》:"云有第三郎,窈窕世无双。"

[5]三春:农历正月称孟春,二月称仲春,三月称季春。

【汇评】

1.(明)许学夷《诗源辩体》卷九:梁武帝乐府五言,情虽丽而未甚靡,齐梁间乐府,唯武帝稍为有致……《东飞伯劳歌》,则词益艳而声益漓矣。

2.(清)王夫之《古诗评选》卷一:与《河中之水歌》足为

双绝。自汉以下,乐府皆填古曲,自我作古者,唯此萧家老二公二歌而已。托体虽艳,其风神音旨英英遥遥,固已笼罩百代。后来拟此者车载斗量,何能分渠少许?生翼自飞,纸鸢何学焉!

3.(清)陈祚明《采菽堂古诗选》卷十五:结句架"空留"二字于上,缥缈俊快。初唐七古往往法之。

4.(清)沈德潜《古诗源》卷十二:何许骀宕!

范云诗·一首

范云(451—503),字彦龙,南乡舞阴(今河南沁阳西北)人。曾任南齐零陵内史、始兴内史、广州刺史等职。入萧梁,迁散骑常侍、吏部尚书,封霄城县侯,迁尚书右仆射。钟嵘《诗品》称其诗曰"清便宛转,如流风回雪"。

之零陵郡次①新亭②

江干③远树浮,天末④孤烟起。江天自如合,烟树还相似。沧流⑤未可源⑥,高帆去何已。

选自逯钦立辑校《先秦汉魏晋南北朝诗·梁诗》卷三

【注释】

①次:停留。

②新亭:亭名,故址在今江苏江宁南,即劳劳亭。后李白有"天下伤心处,劳劳送客亭"(《劳劳亭》)。

③江干:江边。

④天末:天边。

⑤沧流:犹言碧波,青色的水流。

⑥源:溯源。

【汇评】

1.(清)张玉榖《古诗赏析》卷十九:前四,就江天烟树,分写合写,有形容不尽意。后二,就水程写行役之劳,亦含蓄不尽。

沈约诗·一首

沈约（441—513），字休文，吴兴武康（今浙江德清武康镇）人。历仕宋、齐、梁三代，为齐梁文坛领袖。其与谢朓、王融等开创了"永明体"，是我国诗歌史上重要的一种体式，推动了古体诗向格律严整的近体诗过渡。沈约还是一名史学家，著有《宋书》。张溥辑其诗文为《沈隐侯集》二卷。

别范安成[1]

生平少年日，分手易前期[2]。及尔同衰暮，非复别离时[3]。勿言一樽酒，明日难重持。梦中不识路，何以慰相思[4]。

选自上海古籍出版社点校本《文选》第二十卷

【注释】

①范安成：范岫，沈约的少年朋友，曾官安成内史，故称范安成。

②易前期：把将来的聚会看得很容易。

③"及尔"二句：意谓彼此年老，来日无多，已到了不应该随便分别的时候。

④"梦中"二句：典出《韩非子》：六国时，张敏与高惠二人为友。每相思不能得见。敏便于梦中往寻。但行至半道，即迷，不知路，遂回。如此者三。

【汇评】

1.（清）陈祚明《采菽堂古诗选》卷二十三：其情宛是《十九首》，远超潘、陆之上，何论颜、鲍！其调则稍以平近微逊汉魏。

2.（清）何焯《义门读书记》卷四十六：清便婉转，自成永明以后风气。

3.（清）沈德潜《古诗源》卷十二：一片真气流出，句句转，字字厚，去《十九首》不远。

4.（清）张玉穀《古诗赏析》十九：诗只空写离怀，而两人交谊已溢言表。气清骨重，仿佛汉音。

何逊诗·二首

何逊（482？—522），字仲言，东海郯（今山东郯城）人。幼即能诗，二十岁举秀才。梁天监中为建安王萧伟水曹行参军，兼记室，故世称"何记室"。后任安成王萧秀参军事，兼尚书水部郎，故世又称"何水部"。

其诗格调清新，受时人推重，并与阴铿齐名，世号"阴何"。并为杜甫所推许，所谓"颇学阴何苦用心"。文则与刘孝绰齐名，世称"何刘"。有集八卷，已佚。张溥辑有《何水部集》一卷。

临行与故游夜别①

历稔②共追随，一旦辞群匹。复如东注水，未有西归日。夜雨滴空阶③，晓灯暗离室。相悲各罢酒，何时同促膝④？

选自汉魏六朝百三家集本《何水部集》

【注释】

①梁天监九年（510），萧伟（萧衍之弟）任江州刺史，何逊随其西行，任记室，掌书记。本篇当作于赴江州之前，故诗题一作《从征江州与故游别》。

②历稔：稔，音忍，谷一熟为一稔。历稔，即多年。

③夜雨滴空阶：缠绵夜雨滴滴打在寂寞无人的空阶上。这一句很有诗意，所以为后来人所喜欢化用。如唐万俟咏《长相思·雨》："不道愁人不喜听，空阶滴到明。"温庭筠《更漏子》："梧桐树，三更雨，不道离情正苦。一叶叶，一声声，空阶滴到明。"

④促膝：膝碰膝，坐得很近。形容亲密地谈话。

【汇评】

1.（清）陈祚明《采菽堂古诗选》卷二十六：语浅浅能使深情毕尽。

慈姥矶①

暮烟起遥岸，斜日照安流②。一同心赏③夕，暂解去乡忧。野岸平沙合，连山远雾浮④。客悲不自已，江上望归舟⑤。

选自汉魏六朝百三家集本《何水部集》

【注释】

①慈姥矶：地名，在今江苏省南京市江宁区江宁镇南、安徽省当涂县北的长江岸边。清顾祖禹《读史方舆纪要》卷二十"江宁府"条下载："慈姥山，府西南百十里，以山有慈姥庙而

名。积石临江，崖壁竣绝。一名鼓吹山，以山产箫管也。山下有慈姥溪，与太平府当涂县接界。旧志：慈姥港泄慈湖以东之水入江。近湖又有慈姥矶，今曰和尚港。"

②安流：平缓的水流。

③心赏：欣赏、玩赏。

④"野岸"句：近处的沙滩和那峻峭的崖壁连接成一片，远处的层峦叠嶂笼罩在沉沉暮霭之中。这两句的句法为何逊常用，如《春夕早泊和刘咨议落日望水》："草光天际合，霞影水中浮。"后杜甫亦化用此句法，《秋野五首》其四云："远岸秋沙白，连山晚照红。"

⑤"客悲"二句：望见归舟而不得归，故悲愁难禁。

【汇评】

1. （清）王夫之《古诗评选》卷六：有起有合，居然律也。乃起者非起，合者非合，一从《三百篇》来。太白间能用此，余人不知。

2. （清）陈祚明《采菽堂古诗选》卷二十六：此景何堪！"山雨欲来风满楼"不似此二句（按"野岸"二句）生动，中复有高浑之气。

3. （清）沈德潜《说诗晬语》卷上：五言律，阴铿、何逊、庾信、徐陵已开其体。

4. （清）沈德潜《古诗源》卷十三：己不能归，而望他舟之归，情事黯然。

吴均诗·一首

吴均(469—520),字叔庠,吴兴故鄣(今浙江安吉西北)人。历官记室、国侍郎、奉朝请等。曾因私撰《齐春秋》被免官。其文清拔,其诗多模山范水,风格清新挺拔,时人仿之,号为"吴均体"。张溥辑有《吴朝请集》一卷。另有《续齐谐记》一卷。《梁书》《南史》皆有本传。

山中杂诗三首其一

山际见来烟[1],竹中窥[2]落日。鸟向檐上飞,云从窗里出[3]。

选自汉魏六朝百三家集本《吴朝请集》

【注释】

[1]来烟:烟雾从山间氤氲而出。

[2]窥:透过竹间缝隙探看。

[3]云从窗里出:指山宅为云雾缭绕,看上去似窗里生烟。

【汇评】

1. （清）陈祚明《采菽堂古诗选》卷二十六：写山深迥。
2. （清）沈德潜《古诗源》卷十三：四句写景，自成一格。

陶弘景诗·一首

陶弘景（457—537），字通明，丹阳秣陵（今江苏南京）人。曾隐居于句曲山，自号"华阳隐居"。著名的医药家、炼丹家和文学家，人称"山中宰相"。萧衍即帝位，屡聘而不肯出。卒谥"贞白先生"。传世之作《本草经集注》《集金丹黄白方》《真诰》。张溥辑其诗文为《陶隐居集》一卷。

诏问"山中何所有"赋诗以答[①]

山中何所有，岭上多白云。只可自怡悦，不堪[②]持赠君[③]。

选自汉魏六朝百三家集本《陶隐居集》

【注释】

①陶弘景隐居茅山，齐高帝萧道成诏问："山中何所有？"陶弘景以此诗作答。

②堪：能。

③君:指齐高帝萧道成。

【汇评】

1.(清)王夫之《古诗评选》卷三:直亮完好。王、孟于此,必多容态。

2.(清)沈德潜《古诗源》卷十三:即"独寐寤宿,永矢勿告"(按,出《诗·卫风·考槃》,勿作弗)意。

王籍诗·一首

王籍,生卒年不详。字文海,琅邪临沂(今山东临沂市北)人。梁天监中除湘东王谘议参军,转中散大夫。《南史》有传。

其诗学谢灵运,《南史·王籍传》载:"籍好学,有才气,为诗慕谢灵运。至其合也,殆无愧色。时人咸谓康乐之有王籍,如仲尼之有丘明,老聃之有严周。"

入若耶溪①

舣艭②何泛泛,空③水共悠悠。阴霞生远岫④,阳景⑤逐回流。蝉噪林逾静,鸟鸣山更幽。此地动归念⑥,长年悲倦游⑦。

选自逯钦立辑校《先秦汉魏晋南北朝诗·梁诗》卷十七

【注释】

①若耶溪:古溪水名,出会稽山,在今浙江绍兴东南,沿途纳三十六溪溪水,北入鉴湖。《寰宇记》载:"在会稽县东

二十八里。"

②艅艎：亦作"余皇"。本是春秋时吴王的座船，后泛指大船。

③空：天空。

④远岫：远山。

⑤阳景：日光。

⑥归念：归隐的想法。

⑦倦游：厌倦游宦生涯。《史记·司马相如列传》载："今文君已失身于司马长卿，长卿故倦游。"裴骃《集解》引郭璞曰："厌游宦也。"

【汇评】

1.（唐）姚思廉《梁书·文学传下》：王籍，字文海，琅邪临沂人。……天监初，除安成王主簿、尚书三公郎、廷尉正。……久之，除轻车湘东王谘议参军，随府会稽。郡境有云门、天柱山，籍尝游之，或累月不反。至若邪溪赋诗，其略云："蝉噪林逾静，鸟鸣山更幽。"当时以为文外独绝。

2.（清）王夫之《古诗评选》卷六：清婉则唐人多能之。一结弘深，唐人之问津者寡矣。"蝉噪林逾静，鸟鸣山更幽"，论者以为独绝，非也。自与"海色晴看雨，江声夜听潮"同一反跌法，顺口转成，亦复何关至极！"逾""更"二字，斧凿露尽，未免拙工之巧。拟之于禅，非、比二量语，所摄非现量也。

3.（清）沈德潜《古诗源》卷十三：隽语当时传诵，以为文外独绝。

庾信诗·四首

庾信（513—581），字子山，祖籍南阳新野（今河南新野），后迁居江陵。早年侍奉梁昭明太子萧统、简文帝萧纲、梁元帝萧绎，君臣唱和，颇得宠信。有所谓"宫体诗"之称。与徐陵并称，号"徐庾体"。梁元帝承圣三年（554），庾信奉命出使西魏，恰值西魏大军攻江陵，梁亡，庾信遂留仕西魏。后又仕北周、入隋。至隋文帝开皇元年（581）始卒。

庾信滞留北地，然心却留恋南国，故其创作可以出使西魏为分界线。前期多"宫体"色彩，后期则表现得沉郁愤惋。杜甫所谓"庾信平生最萧瑟，暮年诗赋动江关"。其诗赋融合南北，可谓集六朝之大成，对唐人之作亦有导夫先路的作用。其骈文更为隋唐至明清学者所尊奉的楷模，如《哀江南赋》《小园赋》《枯树赋》等。

其作品今存最早版本为明万历中屠龙评点本，清徐树毂、吴兆宜、倪璠三家均有注本。今通行本为中华书局许逸民点校本《庾子山集注》。

拟咏怀①二十七首其七

榆关②断音信,汉使③绝经过。胡笳落泪曲,羌笛断肠歌④。纤腰减束素⑤,别泪损横波⑥。恨心终不歇,红颜⑦无复多。枯木期填海⑧,青山望断河。

选自中华书局许逸民校点本《庾子山集注》卷之三

【注释】

①拟咏怀:阮籍有《咏怀诗八十二首》,庾信拟之而作,共二十七首。皆为其晚年所作,题旨与《哀江南赋》《拟连珠》相近,抒写羁旅之苦和乡关之思。杜甫有诗曰:"庾信平生最萧瑟,暮年诗赋动江关。"(《咏怀古迹五首其一》)这组诗是我们探究庾信诗歌、思想之重要凭借。

②榆关:汉要塞名,属云中郡,位于今内蒙古准格尔旗。亦称"榆谷塞""榆林塞",因古时于边塞多植榆树。这里泛指边地关塞。

③汉使:汉朝的使者。此代指庾信所在朝廷梁超的使者。

④"胡笳"二句:胡笳、羌笛,皆塞北、西域之地少数民族所用的乐器。此二句意谓北国异地乐曲催人落泪,引人思乡。

⑤纤腰减束素:纤,纤细;束素,系在腰上的白绢。意谓腰围因悲伤而消瘦,后柳永《蝶恋花》词曰:"衣带渐宽终不悔,为伊消得人憔悴。"

⑥横波:形容目光流动如水波。《文选·傅毅·舞赋》:"眉连娟以增绕兮,目流睇而横波。"

⑦红颜:美貌,此代指年华。

⑧枯木期填海：典出《山海经·北山经》："女娃游于东海，溺而不返，故为精卫，常衔西山之木石，以堙于东海。"

拟咏怀二十七首其十七

日晚荒城上，苍茫余落晖①。都护楼兰返②，将军疏勒归③。马有风尘气，人多关塞衣④。阵云⑤平不动，秋蓬卷欲飞。闻道楼船战，今年不解围⑥。

选自中华书局许逸民校点本《庾子山集注》卷之三

【注释】

①苍茫余落晖：苍茫的暮色下残余点点落日的余晖。后王维《山居即事》云："寂寞掩柴扉，苍茫对落晖。"

②都护楼兰返：都护，汉官名，汉宣帝神爵二年（前60）置西域都护，总理边防。此代指边将。楼兰，古国名，汉西域诸国之一，其址在今新疆罗布泊一带。此句用汉傅介子典。《汉书·傅常郑甘陈段传》载傅介子设计刺杀楼兰王、并持其首而返之事。庾信用此典，亦希望如傅介子一样出使异国，功成而饭。

③将军疏勒归：疏勒，古国名，亦汉时西域诸国之一，其地在今新疆喀什一带。此句用汉耿恭典。据《后汉书·耿弇列传》载耿恭引兵据疏勒城抵御匈奴，后被困，"数月，食尽穷困，乃煮铠弩，食其筋革。恭与士推诚同死生，故皆无二心，而稍稍死亡，余数十人"。后得朝廷派兵援救，终得还朝。庾信用此典，取其征战疆场、立功而归之意。

④关塞衣：即征衣。

⑤阵云：重叠涌起如兵阵似的云。

⑥"闻道"二句：《汉书·酷吏列传》载："杨仆，宜阳人也。……南越反，拜为楼船将军，有功，封将梁侯。"楼船，高大的船。这二句由眼前的北国风光和军事调动，想起江南故国来，因举杨仆之事，表达自己对故国空有挂怀之心，而不能效忠之憾。

拟咏怀二十七首其二十六

萧条亭障①远，凄惨风尘多。关门临白狄②，城影入黄河。秋风别苏武③，寒水送荆轲④。谁言气盖世，晨起帐中歌⑤。

选自中华书局许逸民校点本《庾子山集注》卷之三

【注释】

①亭障：古代边塞关山上的瞭望岗亭及防御工事。

②白狄：春秋时居于北方的古狄族中的一支，其衣尚白，故名。

③秋风别苏武：旧题《李陵赠别诗》，苏武离开匈奴时，李陵赠诗曰："欲因晨风发，送子以贱躯。"

④寒水送荆轲：《史记·刺客列传》载荆轲刺秦王事。燕太子丹为荆轲在易水边饯行，高渐离击筑，荆轲歌曰："风萧萧兮易水寒，壮士一去兮不复还。"

⑤"谁言"二句：《史记·项羽本纪》载："项王军壁垓下，兵少食尽，汉军及诸侯兵围之数重。夜闻汉军四面皆楚歌。……项王则夜起，饮帐中。有美人名虞，常幸从；骏马名骓，常骑

之。于是项王乃悲歌慷慨，自为诗曰：'力拔山兮气盖世，时不利兮骓不逝。骓不逝兮可奈何，虞兮虞兮奈若何！'"

【汇评】

1. （清）陈祚明《采菽堂古诗选》卷三十三：廿七首并是孤愤之诗。于中得二句"昏昏如坐雾，漫漫疑行海"，乃子山此时情境，蕴蓄于中，倾吐而出，曾不自知。语之工拙，都所不计，但取情深。

又评"城影入黄河"句：生动且壮。

2. （清）沈德潜《古诗源》卷十四：无穷孤愤，倾吐而出，工拙都忘，不专拟阮。

3. （清）陈沆《诗比兴笺》卷二：《艺文类聚》但称庾信《咏怀诗》，不云"拟"也。《诗纪》强增为《拟咏怀》，亦如增文通诗为"效阮"。岂知自家块垒，无俟他人酒杯乎！特情繁无序，词乱不伦，流览固等观场，诠释亦同说郢。

寄王琳①

玉关②道路远，金陵③信使疏。独下千行泪，开君万里书④。

选自中华书局许逸民校点本《庾子山集注》卷之四

【注释】

①王琳：字子珩。平侯景有功。梁元帝被西魏围困于江陵时，征王琳救援，除湘州刺史。待王琳兵至长沙，江陵已陷。故其移兵郢城，以图复梁。后兵败被杀。王琳在郢城练兵，曾致书

庾信，告知复梁之志。庾信以此诗复之。

②玉关：玉门关，在今甘肃敦煌西，此代指自己所处的北地。

③金陵：梁朝国都。

④"独下"二句：此二句应是"开君万里书，独下千行泪"之倒装。庾信收到万里之外的寄书，非常激动，故一哭；读完信的内容，知王琳之大业，为其感动，又一哭。"独下"，揭示自己身处北地之孤独。

【汇评】

1.（清）陈祚明《采菽堂古诗选》卷三十四：此等方是真诗，"打起黄莺儿"岂能及也！

2.（清）沈德潜《古诗源》卷十四：造句能新，使事无迹。

陈诗·三首

阴铿诗·二首

  阴铿,生卒年不详。字子坚,武威姑臧(今甘肃武威)人。曾任梁湘东王萧绎法曹参军。入陈历官太守、员外散骑常侍等。学识渊博,擅五言诗,与何逊并称。其诗清新流丽,甚为后人推重。如杜甫《与李十二白同寻范十隐居》曰:"李侯(按指李白)有佳句,往往似阴铿。"明张溥《汉魏六朝百三家集·何记室集题词》曰:"何仲言文名齐刘孝标,诗名齐阴子坚。"清陈祚明《采菽堂古诗选》评其曰:"阴子坚诗声调既亮,无齐、梁晦涩之习,而琢句抽思,务极新隽,寻常景物,亦必摇曳出之,务使穷态极妍,不肯直率。"

  阴铿原有文集三卷。今存《阴常侍集》(又名《阴常侍诗集》)两卷,有《六朝诗集》本。另有《二酉堂丛书》本、《丛书集成初编》本。

晚出新亭①

大江一浩荡,离悲足几重?潮落犹如盖②,云昏不作峰③。远戍唯闻鼓④,寒山但见松。九十方称半⑤,归途讵⑥有踪?

选自《丛书集成初编》本《阴常侍诗集》

【注释】

①新亭:地在今南京市江宁区南。

②潮落犹如盖:盖,车盖。退潮的波浪如车盖一般。汉枚乘《七发》云:"太子曰:'善,然则涛何气哉?'答曰:"不记也,然闻于师曰,……其始起也,洪淋淋焉,若白鹭之下翔。其少进也,浩浩澄澄,如素车白马帷盖之张。""

③云昏不作峰:昏,迷漫貌。云雾弥漫,不成峰峦之状。

④闻鼓:古时军营中以鼓角报时,日出日落的时候都要击鼓。

⑤九十方称半:《战国策·秦策五》:"《诗》曰:'行百里者,半于九十。'"意谓长途跋涉,越到最后越艰难,百里路程走过九十里只能算走过一半。

⑥讵:难道。

【汇评】

1.(明)谢榛《四溟诗话》卷三:谢宣城《夜发新林》诗:"大江流日夜,客心悲未央。"阴常侍《晓发新亭》诗:"大江一浩荡,离悲足几重。"二作突然而起,造语雄深,六朝亦不多见。

2.(清)黄子云《野鸿诗的》:子坚承齐、梁颓靡之习而能独运匠心,扶持正始,浣花(按,杜甫)近体,以及咏物都从此脱化。

渡青草湖①

洞庭春溜②满,平湖锦帆张。沅水桃花色③,湘流杜若④香。穴⑤去茅山⑥近,江连巫峡⑦长。带天澄迥碧⑧,映日动浮光⑨。行舟逗⑩远树,度鸟⑪息危樯⑫。滔滔不可测,一苇讵能航⑬?

选自《丛书集成初编》本《阴常侍诗集》

【注释】

①青草湖:古时对洞庭湖东南部一大片湖面的称呼。《读史方舆纪要》载:"青草湖北连洞庭,南接潇湘,东纳汨罗。"

②春溜:春季涨的水。

③沅水桃花色:沅水,发源于贵州云雾山,流经湖南黔阳始称沅水,经常德而北入洞庭湖。桃花色,是说两岸桃花掩映水中,水跟染上了桃花色一样。

④杜若:香草。屈原《九歌·湘君》:"采芳洲兮杜若。"

⑤穴:指仙人的洞府。

⑥茅山:句曲山,在今江苏省句容市东南。因汉代茅氏三兄弟(茅盈、茅固、茅衷)在此修炼,得道成仙,世称茅山。

⑦巫峡:在今重庆市巫山县东。这两句是说从青草湖东可以达茅山仙人洞府,西可至巫峡,那里有神女峰。极言其水势浩渺。

⑧迥碧:远天的青色。

⑨浮光：浮在水面上的日光。

⑩逗：留，停止。

⑪度鸟：飞过湖水的鸟。

⑫樯：桅杆。

⑬一苇讵能航：《诗·卫风·河广》："谁谓河广，一苇杭之。"杭，通"航"。此句反用《诗》原意，指青草湖不比黄河，其"涛涛不可测"，故不是抱着一束芦苇就可以渡过去的。乃极言青草湖之浩瀚。

【汇评】

1.（清）陈祚明《采菽堂古诗选》卷二十九："带天"二句浑阔；"行舟"二句细曲。妙在并极生动。

又曰："带天澄迥碧，映日动浮光"，岂不工切于"乾坤日夜浮"（按杜甫《登岳阳楼》有云：吴楚东南坼，乾坤日夜浮）。

韦鼎诗·一首

韦鼎（515—593），字超盛，京兆杜陵（今陕西西安东南）人。曾任梁中书侍郎。入陈，历官黄门郎、太府卿。陈亡后入隋，仪同三司，除光州刺史。现存诗一首。

长安听百舌[①]

万里风烟异[②]，一鸟忽相惊。那能对远客，还作故乡声。

选自逯钦立辑校《先秦汉魏晋南北朝诗·陈诗》卷六

【注释】

①诗题一作《陈聘使韦鼎在长安听百舌》。百舌，鸟名，亦称"反舌"，似伯劳而小。

②风烟异：风土景物不同。

【汇评】

1.（清）张玉縠《古诗赏析》卷二十一：上二，正写题面。下二，不说己之不忍听此声，反说彼之那能作此声。对面扑题，最耐咀味。

隋诗·七首

杨素诗·三首

杨素（544—606），字处道，弘农华阴（今陕西华阴）人。"少落拓，有大志，不拘小节""善属文，工草隶"。杨素一生历任多职。曾任北周车骑大将军、仪同三司。因平尉迟迥有功，进位柱国。入隋后，升上柱国，拜御史大夫。平定陈朝有功，拜荆州总管，晋爵郢国公，后改封越国公，拜纳言，转内史令。仁寿初年，任尚书左仆射。炀帝即位，迁尚书令，拜太子太师，改封楚国公。大业二年（606）去世，获赠光禄大夫、太尉，谥号"景武"。

杨素诗"词气宏拔，风韵秀上"，气格秀朗。《隋书·经籍志》称杨素有集十卷，唐以后散佚。逯钦立辑其诗十九首，残句一句。

山斋独坐赠薛内史①诗二首

其一

居山四望阻②,风云竟③朝夕。深溪横古树,空岩卧幽石。日出远岫明,鸟散空林寂。兰庭④动幽气⑤,竹室⑥生虚白⑦。落花入户飞,细草当阶积。桂酒徒盈樽,故人不在席。日落山之幽,临风望羽客⑧。

选自逯钦立辑校《先秦汉魏晋南北朝诗·隋诗》卷四

【注释】

①薛内史:即薛道衡。

②阻:山障阻隔视线。

③竟:毕,完全。

④兰庭:长满芝兰的庭院,非实指,概言庭院花草芳香。

⑤幽气:芬芳之气。

⑥竹室:长满竹子的屋宇。亦非实指,概言室内树木掩映。

⑦虚白:犹空明。《庄子·人间世》:"瞻彼阕者,虚室生白。"又:"虚室生白,吉祥止止。"

⑧羽客:即羽人,本指生羽翼的仙人,此指修仙之道士。

【汇评】

1.(清)王夫之《古诗评选》卷五:质文相宣,不离经纬。几与景阳(按西晋张协,字景阳)《杂诗》相出入,亦可谓旷世同音者矣。

2.（清）陈祚明《采菽堂古诗选》卷三十五：写景幽秀。

其二

　　岩壑澄清景，景清岩壑深①。白云飞暮色②，绿水激清音。涧户散余彩，山窗凝宿阴③。花草共萦映，树石相陵临④。独坐对陈榻⑤，无客有鸣琴。寂寂幽山里，谁知无闷⑥心？

【注释】

　　①"岩壑"二句：山谷澄净而景物清晰，景物清晰则越显山谷幽深。

　　②白云飞暮色：白云飘来使暮色越发苍茫。

　　③宿阴：昨夜的阴云。

　　④相陵临：相互侵陵、相互倚存。

　　⑤陈榻：静置的床榻。

　　⑥无闷：见谢灵运《登池上楼》注。

【汇评】

　　1.（清）王夫之《古诗评选》卷五：含采不发，几无一字落蹊径中。自命之高，不知古今之有齐、梁也。江文通聊与晤对。

　　2.（清）陈祚明《采菽堂古诗选》卷三十五：其源亦出于谢宣城，稍有静气。

赠薛番州[①]

衔悲向南浦[②],寒色黯沉沉。风起洞庭险,烟生云梦[③]深。独飞时慕侣,寡和乍[④]孤音。木落[⑤]悲时暮,时暮感离心。离心多苦调,讵假雍门琴[⑥]。

选自逯钦立辑校《先秦汉魏晋南北朝诗·隋诗》卷四

【注释】

①诗题原作《赠薛播州诗》,共十四章,此为最后一章。播州,唐贞观十三年(639)始置。据《隋书·列传第二十二·薛道衡传》载:"炀帝嗣位,(薛)转番州刺史。"故诗题"播州"应为"番州"。薛道衡任番州刺史在大业元年(605)至大业二年(606)之间。隋仁寿元年(601),改广州为番州。大业三年(607)即罢番州。《隋书·列传第十三·杨素传》载:"素尝以五言诗七百字赠番州刺史薛道衡……未几而卒。"故可推断此诗作于杨素卒年,即大业二年(606)。诗歌创作背景为开皇十二年(592)七月,薛道衡因受苏威案株连,"除名,配防领表"。

②南浦:南边的水岸。泛指送别之地。屈原《九歌·河伯》:"子交手兮东行,送美人兮南浦。"《文选·江淹〈别赋〉》:"送君南浦,伤如之何?"

③云梦:古云梦泽。地在今湖北南部、湖南北部一带。隋时云梦泽已不存在,故此处仍是虚指。

④乍:忽然。

⑤木落:见谢灵运《石门岩上宿》注。

⑥雍门琴:典出刘向《说苑·善说》。相传,战国时齐人雍

门（齐国都城营丘的西门）子周善鼓琴，且以悲动人。曾以善琴见孟尝君。先以言辞令孟尝君"闻之悲泪盈眶"。后"引琴而鼓，孟尝君增悲流涕曰：'先生之鼓琴，令文立若破国亡邑之人也。'"《三国志·蜀志·郤正传》："雍门援琴而挟说，韩哀秉辔而驰名。"后世以"雍门琴"代指悲啼、哀伤的曲调。

【汇评】

1.（明）钟惺、谭元春《古诗归》卷一五：评"风起洞庭险，烟生云梦深"曰：有无穷深衷在内，假清人偶袭其句不得。又曰：泠然不穷，开孟襄阳一路。

评"独飞时慕侣，寡和乍孤音"曰："乍"字妙，于"孤音"尤相宜。又曰：英雄眼空，固不妄交俗物，然亦孤寂不得。二语情见乎辞，此赠薛播州之根也。

又评"木落悲时暮，时暮感离心。离心多苦调，讵假雍门琴"曰：由闲适说向悲凉，哀乐异人。

2.（清）陈祚明《采菽堂古诗选》卷三十五：大篇淋漓宛转，情绪曲尽。妙在章法细密，前后整如。凡一题作数章而不知章法者，诚可嗤也。

3.（清）沈德潜《古诗源》卷十四：从天下之乱，说到定鼎，次说求材，次说立朝，次说薛之出守，颂共政成，次说己之归闲，末致相思之意。一题几章，须具此章法。

又评此章曰：未尝不排，而不觉排偶之迹，骨高也。

4.（清）张玉榖《古诗赏析》卷二十二：此末章，则就目前冬景，透写衔悲远望，伤离赠诗之情，为诸章总结。前四，衔悲远望。后六，伤离赠诗也。

又曰：十四首章法蝉联，骨格高老，本可尽登，然不如节去五章，尤为紧凑。归愚师所选，亦复如是，乃真先得我心。

5.（清）王受昌《小清华园诗谈》卷下：古人名句，如……杨越公之"风起洞庭险，烟生云梦深"……等句，皆高华名贵，可诵可法者。

薛道衡诗·二首

薛道衡（538或540—607或609），字玄卿，河东汾阴（今山西万荣西南）人。曾任北齐中书侍郎，北周陵州、邛州刺史等。入隋为内事舍人、吏部侍郎。开皇十二年（592）受苏威案牵连，配防岭外。后诏征还，授内史侍郎，仪同三司，进位上开府。炀帝即位后，转番州刺史。大业三年（607）（或五年），为炀帝所逼自尽。事见《隋书》《北史》本传。

薛道衡为"一代文宗"，其诗兼南北之长，刚劲厚重，巧致华美。本传称其有文集七十卷行于世，现已散佚。张溥辑有《薛司隶集》一卷。《先秦汉魏晋南北朝诗》录诗二十余首，《全上古三代秦汉三国六朝文》录存其文八篇。

昔昔盐[①]

垂柳覆金堤[②]，蘼芜[③]叶复齐。水溢芙蓉沼，花飞桃李蹊。采桑秦氏女[④]，织锦窦家妻[⑤]。关山别荡子，风月[⑥]守空闺。恒敛千金笑⑦，长垂双玉⑧啼。盘龙⑨随镜隐，彩凤⑩逐帷低。飞魂同夜鹊⑪，倦寝忆晨鸡⑫。暗牖⑬悬蛛网，空梁落燕泥⑭。前年过代北⑮，今岁往辽西⑯。一去无消息，那能惜马蹄⑰。

选自逯钦立辑校《先秦汉魏晋南北朝诗·隋诗》卷四

【注释】

①昔昔盐：《乐府诗集》收此诗入近代曲辞类，并引《乐苑》曰："《昔昔盐》，羽调曲，唐亦为舞曲。'昔'一作'析'。"明杨慎认为就是梁代乐府《夜夜曲》。昔昔，即夜夜，谐音"夕夕"；盐，即艳，曲之别名。

②金堤：即堤岸。堤之土黄坚固如金。

③蘼芜：见《上山采蘼芜》注。

④秦氏女：即秦罗敷。汉乐府《陌上桑》："秦氏有好女，自名为罗敷。罗敷喜蚕桑，采桑城南隅。"

⑤窦家妻：前秦苻坚时秦州刺史窦滔之妻苏蕙，字若兰。窦滔被谪戍流沙，苏蕙织锦为回文诗赠滔以寄托离思。事见《晋书·列传第六十六·列女·窦滔妻苏氏》。

⑥风月：风清月明之良宵。

⑦千金笑：即千金难买美人一笑之意。后宋张孝祥《虞美人》："倩人传语更商量，只得千金一笑也甘当。"明汤显祖《紫钗记》第六出："道千金一笑相逢夜，似近蓝桥那般欢惬。"

⑧玉：玉箸。

⑨盘龙：铜镜背面所刻的龙纹。此句指思妇无心打扮，镜子也就没什么用了。

⑩彩凤：锦帐上的凤形花纹。此句是说思妇懒得收拾，故

帷帐老是垂挂着。

⑪飞魂同夜鹊：夜里睡不着，心悸不安，就像夜鹊见月惊起而神魂不定。

⑫倦寝忆晨鸡：夜里难眠，像晨鸡那样早起不睡。

⑬暗牖：未打开的窗子。

⑭空梁落燕泥：北燕未归，燕巢还未修筑而落泥。暗喻游子北行不归。

⑮代北：北地代郡，北朝魏时，治所在今山西省大同市。此代指北疆。

⑯辽西：郡名，北朝魏时，治所在今山海关以西。此代指东北边疆。

⑰惜马蹄：爱惜马蹄，马不停蹄，言下之意指不回来。东汉苏伯玉妻《盘中诗》："家居长安身在蜀，何惜马蹄归不数。"

【汇评】

1.（宋）魏泰《临汉隐居诗话》：永叔诗话（按《六一诗话》）称谢伯景之句，如"园林换叶梅初熟"，不若"庭草无人随意绿"也；"池馆无人燕学飞"，不若"空梁落燕泥"也。盖伯景句意凡近，似所谓"西昆体"，而王胄、薛道衡峻洁可喜也。

2.（清）王夫之《古诗评选》卷一：起兴处全不逗漏，故艳而不俗，收亦明快。

3.（清）陈祚明《采菽堂古诗选》卷三十五："空梁落燕泥"固以自然为胜，结亦悠扬。

4.（清）沈德潜《古诗源》卷十四："暗牖悬蛛网"二句，从张景阳"青苔依空墙，蜘蛛网四屋"化出，而其发原，则在

"伊威在室，蟏蛸在户"，但后人愈巧耳。

5.（清）张玉穀《古诗赏析》卷二十二：尔时诗多贪排偶，竞雕琢，然未有长篇句句裁对工整如此章者。虽平仄承顶，尚有两处失粘，要是绝佳排律也。

人日[①]思归

入春才七日，离家已二年。人归落雁后[②]，思发在花前[③]。

选自逯钦立辑校《先秦汉魏晋南北朝诗·隋诗》卷四

【注释】

①人日：古代相传农历正月初一为鸡日，初二为狗日，初三为猪日，初四为羊日，初五为牛日，初六为马日，初七为人日。

②人归落雁后：春季大雁北归，而己北归尚在雁归之后。

③思发在花前：北归的念想早早已萌生在春季花开之前。

【汇评】

1.（明）钟惺、谭元春《古诗归》卷一五评"入春才七日，离家已二年"曰：首二语亦有味，乃被呵斥，何也？

2.（清）陈祚明《采菽堂古诗选》卷三十五：新隽，固唐人所钻仰。

3.（清）张玉穀《古诗赏析》卷二十二：首句"人日"，次句乃所以思归之故。三句点醒迟归，恰又补点"人"字，与雁对剔。四句正点"思"字，在花前，恰又抱转"人日"。流对极为巧切。

杨广诗·一首

杨广（569—618），一名英。隋文帝杨坚第二子。以阴谋夺其兄杨勇太子之位。仁寿四年（604），隋文帝驾崩，杨广即帝位。杨广在位期间，开通大运河、创立科举制等，对后世的经济、制度产生了重要影响。但晚年骄奢淫逸，穷兵黩武，致使天下大乱。晚唐皮日休有诗曾叹曰："若无水殿龙舟事，共禹论功不较多。"（《汴河怀古》）义宁二年（618），为宇文化及所杀。唐朝时加谥炀皇帝。

杨广早年诗风质朴刚健，平陈以后，受南朝诗人影响，多清新流丽之作。《隋书·经籍志》录《炀帝集》五十五卷，已散佚。明人辑有《隋炀帝集》。《先秦汉魏晋南北朝诗》录存其诗四十三首。

春江花月夜[1]

暮江平不动，春花满[2]正开。流波将月去，潮水带星来。

选自逯钦立辑校《先秦汉魏晋南北朝诗·隋诗》卷三

【注释】

①春江花月夜：乃乐府《清商曲辞·吴声歌曲》的曲名之一。据《旧唐书·音乐志二》载，最先创制此曲者为陈后主陈叔宝。唐张若虚有名作《春江花月夜》。

②满：全，遍。

【汇评】

1. （明）钟惺、谭元春《古诗归》卷一五评"春花满正开"曰："满正开"远胜于"开正满"。又曰："满"字，春花实有此境，却不与"繁""盛"等字一例看。若云"开正满"，则"满"字为繁盛矣。

2. （清）王夫之《古诗评选》卷三：四句两联，特有贯珠之妙。

3. （清）陈祚明《采菽堂古诗选》卷三十五：写景语并宏亮，其气浑浑，自踞唐先。

4. （清）张玉縠《古诗赏析》卷二十二：首句点夜江，次句点春花，三、四句带江点月，以星作陪。写景有资致。

侯夫人诗·一首

侯夫人（？—610），生平不详。据旧题唐韩偓撰《迷楼记》所载，侯夫人乃隋炀帝时宫女。炀帝建迷楼，选良家女数千人居其中，由是后宫多不得进御。侯夫人因未被选入迷楼，作诗后自尽。然此为小说家言，不足为论。《先秦汉魏晋南北朝诗》录其诗七首。

春日看梅二首其二

香清[①]寒艳好，谁惜是天真。玉梅谢后阳和[②]至，散与群芳自在春[③]。

选自逯钦立辑校《先秦汉魏晋南北朝诗·隋诗》卷七

【注释】

①香清：色美味香。

②阳和：即阳春，温暖的春天。

③"散与"句：当春回大地，百花怒放时，孤独的梅花悄然凋谢，只化作一缕香魂，报告春天的来临。

【汇评】

1.（明）钟惺《名媛诗归》卷七：怨情深处，反在能平。平则渐渐说向理与命上去。盖其锻炼自家情性，不唯不愿人怜，人亦不欲怜之。此从学问工夫探讨实历，便见得他人荣宠有秽浊气，自家冷淡有矜贵气也。

又："玉梅谢后阳和动（按应作至）"，此句竟是谶语。

又："散与群芳自在春"，何等旷达。

后记

在古代诗歌传播与接受的漫漫长河里，八代诗的名声并不太好。初唐人要矫正齐梁之习，故提倡汉魏诗，谓其间充溢着一股"风骨"。也最先站出来贬低六朝诗，目其为绮靡艳丽的一派。于是，六朝诗始终难得大雅君子的热爱。可是，六朝是哪六朝？六朝诗的绮靡艳丽又是一种什么样的绮靡艳丽？

　　当我们真正走近且读懂了八代诗，便会觉得汉魏诗纵有风骨，然不乏情韵；六朝诗纵有绮靡，亦饶佳致。尤其八代诗人对五言、七言句式的探索，对音律的运用，对题材的拓展，对意象的塑造，以及各种修辞手法的实践等，皆为唐代近体格律诗的成熟与盛行开辟了道路。而如孩童即熟知的李白、杜甫，其诗之所以留传百代，又何尝不得于八代诗的给养！

　　我反复查阅了多本参考书，综合对比了钟惺、陆时雍、陈祚明、沈德潜、张玉穀等人的古诗总集（选本），20世纪比较流行的中国古代文学史教材和作品选，以及今人的接受情况，最终选录了八代诗的这个节本，亦可谓是一个洁本。节，是以管中窥豹；洁，由是含英咀华。也借此与知音同而赏之。不过，既是选本，便总会因个人的偏好而招致相左之见。不当之处，敬祈指正。

　　七年前我只身一人来到羊城求学，行李中除了衣物，还带了一套中华书局新出版的"怡情书吧"系列丛书。今人已没有古人那种浓厚的"家学"或"师承"，即使作选家，也并非要标榜什么"学派"。故我愿以"怡情书吧"丛书的宣传语作为这本小书的号召，抄录于此，亦冀愿如彼：

匆匆忙忙、纷纷扰扰的现代社会，当白天的忙碌沉入夜晚的宁静，执着地关注心灵成长的现代人渴望阅读、欣赏这些疏导情绪情感、培养审美趣味、提升生活品位的作家、作品。这些富有灵魂的文字穿越中华文化千百年的时空隧道烛照着现代人的心灵。

谷卿与我相距于京华和岭海，迢递千里，然彼此音信常通。近年多得他多方推荐，使我在"研究"上增进不少。值这本小书即将出版之际，谨致以真挚的谢意！业师徐国荣教授精研汉魏六朝诗有年。9月随他到广东工业大学讲座归来的路上索序于他，他当即答应。在此感谢徐师的鼓励和厚爱！小儿3月新生，有时难免啼闹。白天我上班无暇顾及，晚上也多得岳母和妻子轮替看哄，从而给我留出时间翻书码字，在此对她们也致以铭心的谢意！

丁酉近中秋，羊城仍溽热如三伏
刘晓亮 草于金晖花苑·微注室
暮秋夜月，窗前树影婆娑，灯下改定